IMPRESSUM

AUTOR:
Berndt Schulz

UMSCHLAGGESTALTUNG:
matrix-buchkonzepte maren orlowski, Hamburg

TITELBILD:
Bildcollage Copyright © 2021
by matrix-buchkonzepte maren orlowski, Hamburg

GESTALTUNG & SATZ:
Gerhard Mohler

VERLAG:
edition federleicht, Frankfurt am Main
www.edition-federleicht.de

1. Auflage 2021
© edition federleicht

ISBN 978-3-946112-68-6

Berndt Schulz

GLÜCKLICHE PAARE
in unglücklichen
Zeiten

Erzählungen

INHALT

VORWORT

Was bleibt uns, außer glücklich zu sein?

Wir strengen uns an. Wir wollen es unbedingt: das Glück. Aber die Zeiten, die sind nicht so, sind nie wirklich günstig für das Glück gewesen. Wenn wir in einer Erzählung („Im Schloss") bis ins Jahr 1834 zurückgehen, finden wir das bestätigt.

Die aktuellen Herausforderungen treffen uns besonders hart. Jeder Einzelne, jedes Paar, wir alle müssen unsere Reste einsammeln.

Jetzt zeigt sich, wer wir sind. Die Seuche lauert im Hintergrund – und wir müssen standhalten, ohne uns an irgendjemandem, an irgendetwas rächen zu wollen.

Für den vorliegenden Band, der neben Geschichten mit „ganz normalen Paaren in ganz normalen Zeiten" auch Erzählungen unter den Bedingungen der Pandemie enthält, bedeutet das nicht, Fallbeispiele vorzustellen. Es geht um Literatur und Fiktion. Denn un-glückliche Zeiten lauern immer und überall auf glückliche Paare, und das schönste Unheil lebt in erfundenen Geschichten.

Die Texte erzählen von der gefährdeten Welt aus persönlicher Perspektive. Und das ist nie politisch korrekt. Die „Glückssucherinnen" und „Glückssucher" geraten durchaus auf Abwege. Manche lauschen den seltsamen Stimmen in ihrem Inneren oder folgen falschen Propheten, die vor ihnen aufmarschieren.

Die meisten Gestalten der vorliegenden Erzählungen versuchen, mit sich im Reinen zu bleiben. Auf das Unzerstörbare in sich selbst zu hören und danach zu handeln. Im Dialog zwischen Paaren zeigt sich, wie jeder kämpft – um seine Liebe, um seine Würde, um seine Zuversicht, um sein ganz persönliches Glück. Das kann weit gehen und bizarr werden.

Der Alltag von Paaren und Individuen will gemeistert sein. Es ist wie immer. Und doch ist etwas anders. Der Himmel reißt auf. Wir ducken uns ein wenig.

Und beim Lesen erkennen wir: die da, das sind wir!

BERNDT SCHULZ

Bellatrix ist mein Zuhause. Ich habe lange danach gesucht. Jetzt habe ich es gefunden.

Es ist ja so – wenn du im Leben herumirrst, das saugt dich aus. Du verlierst alle Kraft, und eines Tages gibst du auf. Nur wenn du irgendwo zur Ruhe kommst, kannst du dich umwenden und der Welt standhalten, die schon im Anmarsch ist. Ist es nicht so?

-Und da hast du dieses Haus gefunden.

-Es hat mich gefunden, würde ich sagen. Es sagte zu mir, hier kannst du glücklich werden. Zieh bei mir ein.

-Bellatrix ist also ein Haus.

-Nein, die Frau drinnen.

-Kann man so einfach beschließen, glücklich zu werden? Und das klappt dann?

-Mit der passenden Frau natürlich, das ist ja die Hauptsache.

-Bellatrix wohnt also in diesem Haus, du kommst vorbei, gehst rein – und bleibst.

-Ein bisschen komplizierter ist es schon.

-Erzähle!

-Es war so. Eines Tages fuhr ich mit dem Auto über Land. Ziellos, wie oft in jenen Tagen nach der Trennung. Ich ließ mich treiben, weder glücklich, noch unglücklich, ich war einfach irgendwie da und machte was, um meine Zeit abzuleben. Ich suchte eigentlich nichts, oder vielleicht doch diesen See, von dem ich gehört hatte. Ich blicke gerne über glatte Gewässer, es beruhigt mich, wenn ich innerlich zerklüftet bin. Auf dem Weg, eine Dorfstraße runter, stand dieses Haus – strahlend gelb, quadratisch, grüne Fensterläden, eingelassene Gauben im roten Dach, ringsherum ein kleiner Garten, begrenzt von einem naturbelassenen Stakketenzaun ...

-Kitschig ...

-Total! Zu allem Überfluss schaute auch noch eine junge Frau aus einem der Fenster. Sie rief nach der Katze, die herumsprang. Vögel zwitscherten, das hörte ich, als ich das Seitenfenster herunterließ.

-Du hattest also längst angehalten ...

-Und den Motor ausgeschaltet. Ich hatte keinen Plan, das nicht. Ich stieg aus. Die junge Frau winkte mir zu. Im Hintergrund erblickte ich einen Mann in Gärtner-kleidung. Und dann tauchte dieses Monstrum am Himmel auf.

-Wie bitte?

-Dann diese Explosion am Himmel. In genau diesem Moment. Ich meine, es war helllichter Tag, wenn auch ohne Sonne. Aber über mir sah ich dieses Ungetüm.

-Hör mal ...

-Es wurde immer heller.

-Jetzt mal der Reihe nach ...

-Ein explodierender Stern! Verstehst du? Genau dort, wo ich stand.

-Was erzählst du mir ...

-Danach völlige Stille. Auch jede Bewegung gestor-ben. Selbst die Katze, schon auf der Terrasse, saß wie erstarrt. Die Frau am Fenster starrte in die Luft, der Gärtner hinter dem Haus hielt die Harke fest und unbeweglich wie eine Statue. Ich kann mich nicht erinnern, jemals so maßlos verblüfft gewesen zu sein.

-Ja – und dann?

-Der Stern erlosch.

-Lass dir doch nicht alles aus der Nase ziehen! Was war da los!

-Es war mitten am Tag, wie gesagt, ich blickte auf dieses Haus, auf diese Frau – und über mir explodierte in diesem Moment eine Supernova.

-Hattest du getrunken, sag mal ...

-Nächste Frage ...

-Was tat die Frau?

-Die Frau deutete nach oben. Und sie sagte mit ihrer unglaublichen Stimme: Jetzt ist die Schulter weg!

-Jetzt – ist die Schulter weg ...

-Sie meinte das Schulterstück. Im Sternbild des Orion. Und sie hatte recht. Der Eckstern ... war explodiert. Wir sehen das ja auf der Erde erst nach Jahrzehnten, es war also schon vorher passiert, aber wir sahen es in diesem Augenblick, ein epochaler Moment. Der Stern wurde heller und heller, explodierte, und dann war er weg. Das Gelenk des Orion gab es nicht mehr. Jetzt sah der Orion mit seinen übrigen sechs Sternen aus wie ein müder Wanderer.

-Ich verstehe. Und – was war dann?

-Interessieren Sie sich für Sterne, fragte ich.

-Ich bin Astrologin.

-Ich wollte antworten: und dann gucken Sie hier aus dem Fenster, was? Ich sagte stattdessen: ich auch, also Astrologe.

-Kommen Sie doch rein! Wieder winkte sie.

Ich zog den Autoschlüssel aus dem Zündschloss, schloss den Wagen ab und ging zur Gartenpforte. Vorsicht, sagte ich mir, das geht hier zu glatt. Sie ist vermutlich eine Hexe.

Sie machte die Tür am Windfang auf. Jung, wahnsinnig hübsch, zierlich. Aber nicht klein. Sie lachte.

-Schauen Sie doch nicht so dramatisch, sagte sie.

-Ich kam zufällig vorbei, ich …

-Ja, ja, ich heiße Bellatrix, vor fünf Jahren zugezogen, sagte sie.

-Also wie einer der Ecksterne des Orion!, sagte ich ungläubig.

Dann stellte ich mich vor. Dann trat ich in den Hausflur. Und dann ins Wohnzimmer. Und dann erblickte ich ungelogen …

Mein Gegenüber starrte mich an. In seinen Augen stand eine Art von Panik.

-Er flüsterte fast: Du kannst einen hinhalten, weißt du …

-Man braucht im Leben ein Basislager. Ich hatte bis dahin keins. An den Wänden des Wohnzimmers in diesem Haus hingen überall – Sternbilder.

-Sternbilder!

-Ja. Fotos, Gemälde, Zeichnungen, die meisten gerahmt. Von der Decke herab eine flexible Installation des Orion-Sternbildes. Etwas drehte sich, etwas klang wie von Harfen. Dazu ein Geruch von Jasmin. Von Jasmin, aber dezent.

-Frischer Jasmin, sagte sie, in der Nacht geerntet,

weil die Düfte am Morgen gegen Neun ihren Zauber verlieren. Sie werden penetrant, oder verflüchtigen sich.

-Die Frau, also Bellatrix ...

-Ich dachte plötzlich: in diesem Haus wohnt jemand, der fest daran glaubt, dass man glücklich sein kann.

-Und was sagtest du?

-Ich deutete herum und sagte: Schön! Wir setzten uns. Sie erzählte von ihrem Leben. Dann fragte sie mich. Ich erzählte von meinem Leben. Wir hatten an derselben Uni studiert, wenn auch nicht zur gleichen Zeit. Und durch dasselbe Teleskop zum Himmel geschaut, wenn auch nicht ...

-... Wenn auch nicht zur gleichen Zeit, ginge ja auch nicht ...

-Nach zwei Stunden klingelte es an der Haustür. Sie stand auf und nahm von dem Gärtner eine Schachtel entgegen. Als sie wieder zurückkam, sagte sie: Sternenstaub, ganz gewöhnlicher Sternenstaub. Ganz frische Ware.

-Sie streckte mir die Schachtel entgegen. Und was soll ich sagen, es war tatsächlich ...

-... Sternenstaub! ...

-Ja. In einer superfeinen Schachtel aus Jasmingehölz.

-Vom anderen Schulterstück, sagte sie. Vom Beteigeuze. Ich habe schon länger erwartet, dass er zerbröselt.

-Aber das kann doch nicht sein, erwiderte ich. Davon wusste doch niemand. Ich selbst jedenfalls nicht, obwohl ich den Himmel immer beobachte. Und der Orion ist so viele Lichtjahre von uns entfernt.

-Sie lächelte schelmisch als sie sagte: Der Gärtner wusste es, und ich auch. Es ist ja schon vor Jahrzehnten passiert, jetzt fällt der Staub auf die Erde. Dann sagte sie: Wenn du Zeit hast, parke das Auto doch einfach hinter dem Haus.

-Da – gab es einen Parkplatz.

-Ja, und seitdem bin ich mit ihr zusammen.

-Aber das ist doch unmöglich! Aus so vielen Zufälligkeiten kann doch nichts Festes und Einmaliges entstehen!

-Ich kann nur sagen, seit diesem Tag, an dem der Beteigeuze unterging, wohne ich in diesem Haus. Zusammen mit Bellatrix, dem zweiten Schulterstern des Orion. Bellatrix ist mein Zuhause.

DECAMERONE

-Ich bin bereit zu sterben, sagt Herbert.

-Aber doch nicht nur, um zu beweisen, dass der Andere dich tatsächlich angesteckt hat!

-Doch, erwidert Herbert trotzig.

Ich blicke ihn perplex an. Geht das inzwischen wirklich so weit? Sind wir in der Seuche an diesem Punkt angekommen?

-Bleib doch lieber leben, bitte ich, das ist doch vom Ergebnis her besser.

-Die Leute sind ja so rücksichtslos, sagt Herbert, man muss ein Zeichen setzen.

-Aber doch nicht so ganz und gar!

Er bleibt mir die Antwort schuldig, blickt nur mit nach vorn gerecktem Kopf aus seinen Kissen, das Krankenbett stützt seinen angegriffenen Körper mit Bettwülsten aller Art. Die Seuche hat ihn schlimm erwischt, aber er hat gute Pflege, er könnte noch davonkommen. Wenn er diesen Beweis schuldig bleiben wollte.

Wir haben diesen Lesekreis rund um sein Krankenbett gegründet. Er kam selbst auf diese Idee, gleich nach der Intensivstation. Natürlich schlug ich das *Decamerone* vor. Eine vergleichbare Lage, die durch den Abstand von 500 Jahren zu uns spricht, ernst aber nicht hoffnungslos. Mit Literatur halten wir gerade hier auf dem Land Geist und Seele aufrecht, es gibt ja etwas durchaus Unzerstörbares. Muss man jetzt noch Beweise für oder gegen etwas führen?

Die beiden anderen Literaturfreunde sind Helga und Klaus. Beide in Ehrenämtern. Jetzt natürlich besonders, Hilfe tut überall not. Ich selbst nähe mit meiner Frau in der Kreisstadt Atemschutzmasken aus Abfallstoffen. Die Zeit drängt, wir spüren das ganzkörperlich, es verursacht uns Gänsehaut. Wir spüren, wie der Virus sich von hinten anschleicht. Aus diesem Grund macht meine Frau bei unserem Lesezirkel aktuell nicht mit, sie ist zu erschüttert von allem.

Herbert liest aus dem *Decamerone*. Seine Stimme wird leiser, sie ist brüchig. Wir lauschen ergriffen. Ich meine, der Text ist schon bewegend, und dann noch Herbert, ihn zu sehen, in seiner Hinfälligkeit, in die ihn sein Nachbar trieb, der ihm ständig mit seinen Kindern auf die Pelle rückte, obwohl Herbert ihn schon an der Hofeinfahrt auf Abstand halten wollte. Der Nachbar lachte nur und nannte ihn einen Hysteriker.

Herbert kommt an die Stelle, wo die kleine Gesellschaft von sieben Frauen und drei Männern, die sich in freiwilliger Quarantäne ihres Landhauses gegenseitig Novellen vorliest, um die Gegenwart der Seuche zu verdrängen, mit der Lektüre stockt, weil von draußen Stimmen und Lärm zu vernehmen sind, die auf dem abgelegenen Anwesen von Fiesole, weit genug von Florenz entfernt, nichts zu suchen haben. Eine Emeute des erniedrigten Landvolkes, das inmitten der Pandemie auch überleben will? Herbert stockt mit der Lektüre, hebt den Kopf – nein, er kann den Kopf nicht heben, er hebt den Blick. Und lauscht nach draußen.

-Was ginge es mich an, sagt Herbert, ohne dass jemand eine Bemerkung gemacht hätte. Und er fügt hinzu: Ich lese jetzt nicht weiter, das erschöpft mich zu sehr. Helga kann weitermachen.

Helga schiebt die Atemmaske ein bisschen nach unten, sie endet jetzt gleich unterhalb der Unterlippe. Sie hat schöne Lippen. Und ihre Stimme ist lesegeschult. Sie ist ja im Hauptberuf Lehrerin. Ihre Stimme tröstet uns eine Weile. Draußen auf dem Gang sind jetzt tatsächlich Stimmen zu hören, aber Helga lässt sich nicht unterbrechen. Wir fühlen uns geschützt in unserem Krankenzimmer. Wir sind ja zusammen, die Geräte funktionieren, die Tür ist geschlossen, niemand kann uns anstecken, wenn wir es nicht selbst tun. Erst wenn wir das Krankenzimmer verlassen und jeder in sein ländliches Leben zurückkehrt, wird es wieder gefährlich. Von den Fenstern her fallen die Sonnenstrahlen durch die halb heruntergelassenen Jalousien ein. Helga hat jetzt die Stelle erreicht, wo die noble Gesellschaft von einem kalten Schauer ergriffen wird. Die Herrschaften haben verstanden, dass der hohe Stand allein niemanden schützt. Alle sind gleich, wenn die Seuche kommt. Und was löst das für ein Grauen aus bei Menschen, die niemals einer Gefahr ins Auge blicken mussten. Wir hier standen auch nie einer solchen Gefahr gegenüber, aber von uns Vieren hat sich bisher niemand eingebildet, unangreifbar zu sein. Im Gegenteil. Eine Art Virus saß ja durchaus in unserem Alltag. Und er durchdrang als Gift unsere Paarbeziehungen gründlich. Das erlebten wir jeden Tag aufs Neue.

Natürlich war das ein anderer Virus, aber diese Gefahr ist ständig da, etwas Unheimliches, das uns zerstört, unsere Liebe, unsere Zuversicht, es erhebt sich
urplötzlich aus dem Nichts und ist anwesend.

Jetzt ist Klaus dran. Er holt Luft, blickt gefällig in die
Runde.

-Lies doch bitte! Lies!

Herberts Stimme klingt so flehentlich, dass wir erschrecken.

Klaus erschrickt auch und beeilt sich. Er liest mit
wohltönendem Bariton, er hat schon gesungen. Ich
finde aber, seine Stimme ist für den Text zu schön,
man lauscht ihm arglos, der Text hingegen erzählt vom
Grauen. Aber so ist es ja eigentlich immer.

-Nicht aufhören! Lies doch weiter!

Herberts Stimme fleht noch immer und versiegt
dann. Ist es jetzt soweit? Wir schauen ihn besorgt an.
Aber er schließt nur die Augen, es scheint ihm gut zu
gehen.

Und als Klaus mit seiner Geschichte fertig ist, bin ich
dran. Als ich anfange, ist es draußen in den Gängen
wieder still geworden. Und Herbert ist eingeschlafen.
Soll er sich ausruhen. Ich lese einfach weiter. Literatur
will immer ihr Recht, egal wie die Verhältnisse gerade
sind und soll auch immer zu hören sein. Wir lauschen,
erfreuen uns an der Schönheit der Sprache, erschau-
ern vor den realistischen Details bei der Beschreibung
der Seuche und gleiten dahin. Irgendwie gestärkt für
die Zukunft, jenseits dieses Krankenzimmers.

Und auch Herbert, obwohl im Schlaf, sieht zufrieden

aus. Ich glaube, er hat seinen ursprünglichen Plan aufgegeben. Er muss keinen Beweis mehr führen.

EIN ECHT SCHÖNER TAG

-Putin mit Pflaumensoße, sagte Gernolf und lachte.
Auch Annette musste herzlich lachen.

-Meinst du, sagte sie, das Rezept taugt was?

-Hängt vom Puter ab, erwiderte Gernolf, ich habe
den besten Bio-Puter gekauft, den ich kriegen konnte.

-Der letzte, sagte Annette, war recht zäh, fast unge-
nießbar.

-Genau wie Putin, lachte Gernolf.

-Nun gut, erwiderte Annette, damit hören die Ge-
meinsamkeiten aber auch schon auf.

-Warum?

-Die Geflügelwirtschaft ist ein ganz eigenes Kapitel.

-Und Putin nicht?!

-Ja, zugegeben, aber nun hör schon auf, du Spaßvogel!

Das Paar stand in seiner Kücheninsel, draußen tobte
das aufgewühlte Meer der Zumutungen. Auf dem
Küchenblock aus Echtakazie lag alles parat. Der Geflügelbauer hatte ihnen einen prächtigen Truthahn mit
der fleischigsten Brust verkauft, er lag jetzt hinge-
bungsvoll auf der Platte aus laminierter Eiche *Nordic*
und streckte die mit Mull gewickelten Beine in die
Höhe, sein faltiger Hals mit dem nicht ernst zu neh-
menden Kopf war abgewinkelt. Annette schaute das
Geflügelopfer mit gemischten Gefühlen an. Seitdem
sie wusste, dass alle Welt die Hähnchen-Industrie argwöhnisch beobachtete, aber die Massenhaltung von
Putern ohne ausreichend Auslauf und Rückzugsmög-

lichkeiten gleichgültig hinnahm, hätte sie lieber Röhrchennudeln mit Sahnesoße gegessen. Sie hielt das alles für staatlich genehmigte Tierquälerei. Aber Gernolf war Fleischesser. Helles Fleisch, sagte er immer, ist wie Fisch.

Für das Paar war die gemeinsame Essenszubereitung in ihrem neuen Passivhaus mit echtem Steingarten am Stadtrand ein abendliches Ritual, das sie leidenschaftlich pflegten. Es half über vieles in diesen Zeiten hinweg. Außerdem gefiel es ihnen, gemeinsam einzukaufen, am liebsten auf den jetzt wieder geöffneten Erzeugermärkten, die es in ihrer Region an jedem Wochentag gab, und wo sie interessante Verkäufer trafen, die ihnen mit der Ware ihre Weltanschauung verkauften. So wie am Vormittag der ideologisch gefestigte Geflügelbauer im Kampfanzug aus dem Eichsfeld, der die Einschränkungen unserer Freiheiten in dieser Seuchenzeit durch den anmaßenden Staat verurteilte.

-Schau, alles Echt-Bio, sagte Gernolf und wendete den Puter.

-Das Echte ist das Mindeste, sagte Annette, alles andere ist ja heutzutage Selbstmord.

-Ja, aber Bio ist nicht gleich Bio, sagte Gernolf, nimm meine Bio, auch eine Art Selbstmord, wenn ich es zu Ende lebe, mit der Gicht, mit der Herzinsuffizienz, alles echte Natur.

-Ja, sagte Annette, das ist nachhaltig gedacht, mein Spaßvogel, aber wir müssen behutsam mit den Begriffen umgehen, wie auch mit tierischen Fetten, deshalb mache ich jetzt lieber die Pflaumensoße.

-Und ich kümmere mich um Putin, sagte Gernolf und rückte das geduldige Geflügel heran.

Pflaumen, Mango-Chutney, rotes Gelee, brauner Zucker, warmer Honig in Tiegeln und Töpfen wanderten auf der Tischplatte herum. Hin und wieder schubsten sich die beiden mit den Hüften zur Seite wie Verliebte. Durch die bodentiefen Echtlichtfenster fiel vom Westen her die frühe Abendsonne schräg herein. Jetzt warf sogar der Puter lange Schatten.

Gernolf stützte sich plötzlich mit geballten Fäusten auf den Küchenblock, er atmete schwer.

-Was ist denn, Gernolf, wieder ein Anfall?

-Nein, nein, mach nur weiter, geht schon.

-Setz dich doch, ruh dich aus!

-Ich trink noch ein Eierlikörchen, das Leben muss ja irgendwie weitergehn, sagte Gernolf, und beide lachten.

-Hape Kerkeling, sagte Annette, die wusste, das Gernolf gern zitierte und den Spaßvogel spielte, um der Zwangsläufigkeit zu entgehen.

Er blickte zum Puter hinüber, hatte der sich nicht bewegt? Unsinn, schalt sich Gernolf, obwohl … Er beugte sich über das Tier, schnupperte daran, roch den Geruch nach Freiheit, hantierte dann mit Paprika, Soja, Sherry und Anis, ließ den Puter um die eigene Achse kreisen, um die Säfte zu regulieren und legte ihn dann in die Grillpfanne.

An diesem Morgen hatte Putin die während der Seuche in seinem Land verordnete arbeitsfreie Zeit für beendet erklärt.

-Auch für die Millionen Arbeitslosen? wollte Gernolf von Annette wissen, die ihm aus der Zeitung vorlas.

-Steht hier nicht, sagte Annette. Außerdem zahlt er für jedes Kind bis 16 Jahren 10.000 Rubel. Alles Schaumschlägerei, denn das sind nur 125 Euro.

-Ich wünschte immerhin, sagte Gernolf, ich hätte 125 Euro zur freien Verfügung!

-Was würdest du damit machen?

-Mir einen echten Bio-Puter kaufen, sagte Gernolf, und ihn dann mit allem Drum und Dran zubereiten.

-Dann machen wir das für heute Abend, sagte Annette, ich zahle dir den Vogel, ich kann dich gut leiden.

-Es wird Geld übrig bleiben, sagte Gernolf, davon kaufe ich dir Schaumwein mit Spritz, ich kann dich auch gut leiden.

-Die Nudeln kann ich mir zwar abschminken, sagte Annette, aber am Wochenende müssen wir dann von Giersch-Salat leben. Und zwar ausschließlich.

-Machen wir, mein Herz, sagte Gernolf, das Leben muss ja irgendwie weitergehn.

-Also brechen wir gleich zum Markt auf, sagte Annette, es ist ein so schöner Tag.

Durch die extra hohen Echtlichtfenster fiel von Osten her die frühe, aber schon warme Morgensonne schräg herein. Als Gernolf und Annette vom Frühstückstisch aufstanden, warfen sie lange Schatten.

ZWISCHEN LEEREN REGALEN

-Du stehst immer auf der Seite meiner Feinde!, schreit Emilie. Sie lässt ihre Arme am Körper herabhängen und steht mit strähnigem Haar da. Er könnte sie jetzt umarmen und sagen, es ist doch alles gut, beruhige dich doch. Aber er schreit zurück. Er wirft ihr vor, umgehend ins Drama zu wechseln, wo doch höchstens Kabarett angesagt ist. Das bringt sie noch mehr auf. Und die Leute, die zwischen den Ladenregalen herumgehen, bekommen das ganze Theaterprogramm in mehreren Akten geboten.

In diesen Zeiten gibt niemand mehr nach. Weil jeder sich allein gelassen fühlt, schlägt er zurück, auch wenn gar keiner angefangen hat. Jeder Rest Selbstvertrauen ist aufgebraucht. Und weil sich einige zwischen den Regalen mit ihren Einkaufswagen auch noch so verhalten als gäbe es keine Seuche, steigt der Pegel der Gereiztheit.

Das geht selbst mir auf die Nerven. Wie junge Paare, die zwar keinen Mundschutz tragen, aber dafür die Baseballkappe frech nach hinten gedreht, als würde das dem Virus imponieren, die Wege verbauen. Sie können sich vor den Vitrinen nicht entscheiden, das Angebot ist für sie noch immer zu überwältigend: tiefgekühlter Fisch mit Bordelaise-Kruste oder Kräuterdeckel. Deshalb stehen sie im Weg, der Wagen quer geparkt, der Hund muss auch noch seinen Kommentar formulieren, und man wartet mit zwei Meter Abstand, bis die Herrschaften soweit sind. Dann geht es weiter – drei Meter, bis zum nächsten Mysterium hinter Glas.

Davon unberührt, Emilie. Sie will es ausfechten. Oder ist er der Ziegenbock, der nicht nachgeben will? Sie stehen sich jetzt im Gang mit dem Tierfutter gegenüber, Abstandsregel hin oder her, und schreien sich an: Ich habe doch gesagt, du sollst eine Salami kaufen!

-Ja und, ich habe mich doch entschieden!

-Ja, für eine Stracke aus Thüringen, aus T h ü r i n - g e n! Wer kauft schon Wurst aus Thüringen, noch dazu eine im Ring! Das ist doch einfallslos!

-Aber ich habe einfach einen Wurstring gekauft, der mir gefällt!

-Ich wollte jedenfalls eine Salami, du kaufst eine Mettwurst! Rücksichtslos!

-Akzeptiere einfach, dass ich eine Wurst kaufe, die mir schmeckt!

-Aus Thüringen, da wo dieser Kommunist regiert?

-Was hat das jetzt damit zu tun!

-Ich möchte, dass du mich ernst nimmst, wenn ich sage, ich will eine Salami!

-Dann brauchen wir zwei Würste, denn ich will eine Mettwurst im Ring. – Aus Thüringen! – Oder auch woanders her, aus einem anderen deutschen Gau! Jedenfalls wollte ich eine Wurst kaufen, die ich mag.

-Warum haben wir nie denselben Geschmack!

-Muss ja nicht sein.

-Immer bist du auf der Seite meiner Feinde!

-Diese Mettwurst ist nicht dein Feind!

———

Für die Haltbarkeit der Beziehung zwischen Paaren ist die Dauer der Seuche nicht unerheblich. Denn sowohl Emilie als auch Hans sehen deutlich, wie ihre Streite eskalieren. Es braucht wenig, um sie anzufachen. Eigentlich braucht es überhaupt keinen Grund. Der Streit ist plötzlich da und weicht nicht mehr. Es scheint eine Art Streitnotwendigkeit zu geben, die man früher übersehen hatte. Dient diese Notwendigkeit der Hygiene? Oder sind ihr Paare einfach zwangsläufig ausgeliefert? Man muss vorsichtig sein, Einhalt gebieten, Abstand wahren! Salami oder Mettwurst ist keine Scheidung wert. Es gäbe da ganz andere Probleme zu bewältigen.

Aber im Moment ist das Streitthema festgelegt. Sie stehen inzwischen bei den Hygieneartikeln. Einige Regale sind bereits leer gefegt. Andere werden es werden. Reinigungsmittel fehlen seit Wochen. Man kann sich auch nicht mehr abputzen. Und die Verzweiflung darüber steigt, wer eigentlich schuldig ist. Einer muss doch die Schuld daran tragen, dass es jetzt überall zwischen leeren Regalen um die letzten Dinge geht.

So wie es jetzt steht, ist es hoffnungslos. Aber alles wird ja sicher bald wieder aufgefüllt. Und sicher beruhigt sich dann auch Emilie wieder.

MÄNNER VS. FRAUEN

Vera sagte neulich, die Männlein dieser Welt könnten jetzt mal abtreten. Es wäre höchste Zeit. Und ihr Mann antwortete: Naja, ganzheitlich gesehen ist das unhistorisch, denn ... Und Vera ging einfach weiter, diesen Einwand hatte sie schon gehört. Ihr Mann musste ihr in der belebten Fußgängerstraße nachlaufen. Das war natürlich für die Abwägung der Argumente und die individuelle Wahrheitsfindung nicht günstig. Es ging jetzt nicht mehr um Richtig oder Falsch, sondern darum, dass Vera den Ton angab und ihr Mann in aller Öffentlichkeit darum bettelte, die Niederlage in Grenzen zu halten.

Aber egal. Es geht doch nie um die Sachverhalte. Es geht darum, sich gut zu präsentieren und unbeschädigt davonzukommen, dann können eventuell auch Standpunkte nachgeliefert werden.

Vera hat danach erzählt, sie wolle diesen Talkshows nicht mehr zuhören. Zu viele Männlein, die sich streiten. Sie brauche nur eine Frau, die klar ihre Meinung sagt, man kann nachfragen und sie gibt Auskunft. Ruhig, freundlich, gut aussehend. Das reicht doch, sagt Vera. Und ihr Mann – wir saßen zu viert auf der Couchgarnitur – nickt und erwidert, das sähe er genauso, aber der Auskunftgebende sollte ein Mann sein. Männer könnten sachlicher sprechen, weil sie nicht dauernd von Emotionen durchgeschüttelt werden. Vera wendete sich daraufhin an uns beide und fragte: Wie seht ihr denn die Sache?

Das war nun heikel. Vor allem nach den letzten Vorkommnissen. Diese Vorfälle hatten ja überhaupt dazu geführt, dass wir jetzt hier zu viert zusammensaßen.

Wir waren vor ein paar Tagen durch die Stadt spaziert, einkaufen, schauen, Cafe trinken. Damals konnte man das noch. Plötzlich war meine Frau wie vom Blitz getroffen stehen geblieben. Sie hatte mich mit einem hilflosen Blick angeschaut und gesagt: Nur noch Männer! Ich sehe hier nur noch Männer! Schau dich mal um!

Mich erschreckte nicht nur ihr ängstlicher Blick, sondern auch die erstickte Stimme. Ich beruhigte sie. Aber sie hatte natürlich recht. In der ganzen Innenstadt hielten sich in diesem Moment anscheinend nur Männer auf. Eine Art maskuliner Flash Mob, der auf ein bestimmtes Ereignis aus war.

Ich sagte: Lass uns zur Madonna gehen! Ganz in der Nähe befand sich dieses Stadtkloster mit dem schönen Innenhof und dem Gebetswinkel. Das wird ja wohl hoffentlich noch eine Frau sein, stöhnte meine Frau.

Und tatsächlich.

Wir kamen bei den vielen Kerzen an und die Madonna lächelte uns mit weiblich-freundlichen Augen an. Wir entzündeten gemeinsam eine Kerze.

-Wie erholsam, sagte meine Frau.

-Aber es bleibt ein Männerkloster, sagte ich, und Jesus war auch ein Mann.

-Weiß man's, erwiderte meine Frau, sie haben ja so viel umgedeutet und verfälscht. Vielleicht war es Maria Magdalena, die am Kreuz hing.

Ich war baff. Das ging mir nun doch ein bisschen zu weit. Ich beruhigte mich aber beim Anblick der Menschen, die jetzt nach und nach in den Innenhof kamen. Es waren ausschließlich Frauen. Sie warfen Münzen in die Kasse, um eine Kerze zu erstehen.

Die Frauen verrichteten ihre Tätigkeiten, ohne auch nur einen Moment innezuhalten oder aufzusehen. Man hörte keine Stimmen, auch nicht im Gebet, nur das Klappern der Münzen im Kasten. Eine junge Frau kniete jetzt allerdings vor der Madonna nieder, anschließend küsste sie den Saum ihres Mantels. Weitere Frauen traten vor die Madonna und machten es ihr nach. Männer befanden sich nicht mehr im Innenhof.

-Wird es dir jetzt leichter ums Herz, fragte ich meine Frau.

-Psst, machte der Mann, der jetzt gerade neben mich getreten war und auf ein Schild deutete, auf dem stand: „Bitte Stille!"

-Schon gut, sagte ich.

-Scheiße, sagte meine Frau, Wichtigtuer, glaubst du, wir können nicht lesen?

-Dann halten sie sich doch bitte daran, erwiderte der Mann und schlug ein Kreuz.

Ich zog meine Frau mit mir und wir betraten wieder die belebte Einkaufsstraße.

-Wir reiben uns inzwischen an solchen Sachen auf, sagte ich, es geht nur noch um Männer und Frauen, alle anderen Probleme verschwinden.

-Die Männlein sollen verschwinden, dann verschwinden auch die Probleme, sagte meine Frau.

-So spricht auch Vera immer, sagte ich.

-Wir sollten uns mal wieder mit ihr treffen, sagte meine Frau, nachdem sie tief durchgeatmet hatte.

-Dann müssen wir aber auch ihr Männlein in Kauf nehmen, sagte ich, nicht ohne Gereiztheit.

-Ihr beide könnt euch ja gegenseitig neutralisieren!, sagte meine Frau gereizt.

-Und ihr beide schwatzt dann worüber?

-Wie wir euch loswerden, sagte meine Frau.

Jetzt lächelte sie weiblich-freundlich.

DAS LETZTE KAFFEETRINKEN

Am Ende ihres Lebensweges geraten Ehepaare außer sich. Sie sind nicht mehr zurechnungsfähig. Jeder für sich schon, aber nicht als Ehepaar. Irgendein Hefeteig schwillt an, wuchert über die Ufer der Backform und ist nicht mehr zu bändigen. Der ganze Backofen ist in Gefahr, die Küche, ja, das ganze Haus. Es ist den Eheleuten egal.

Ich nenne das die letzte Vesper. Oder das letzte Kaffeetrinken. Es ist von außen her gesehen eine Katastrophe, aber aus der Perspektive der alten Eheleute die Rettung. Sie kommen ja gerade in eine Sphäre, in der nichts mehr gilt, was bisher war. Muss da nicht auch der Kuchenteig außerordentlich sein? Sie mögen sich damit ruinieren, aber es ist ein Ruin, der sie sanft in den Tod hinübergleiten lässt, zumindest in das Sterben. Wir machen uns doch gar keinen Begriff davon, was das heißt: zu planen, nur noch für eine Zeit, in der alles ausgelöscht wird.

Nehmen wir Rosanna und Edin. Gerade zugezogen aus dem Balkan. Zwei Alte, die ihrer Familie in unser Land gefolgt sind.

Womit sie ihr Geld gemacht haben, weiß niemand. Aber sie haben es. Und anstatt es jetzt so auszugeben, dass jeder sagen kann: sehr vernünftig, wie sozial, da schmeißen sie es mit vollen Händen weg. Sie hauen es raus. Sie bluten buchstäblich langsam aus. Aber es ist ihre Rettung. Sie lassen los. Sie bereiten sich vor. Und dann pachten sie auf dem städtischen Friedhof das kleinste Grab mit den geringsten Kosten. Ein Grab ohne jeden Schmuck und ohne Aussicht.

Ihre Familie sieht das mit Kopfschütteln, mit Vorwürfen. Aber so öffnen sie sich für das Verhängnis, das da heranrückt.

Wir wissen nicht, was es bedeutet, einer solchen Zukunft standzuhalten. Der Leere. Dem Nichtmehrsein. In jüngeren Jahren spielen wir damit, wir verschwenden Gedanken und Ängste daran und wenden uns dann gelangweilt ab. Alte müssen dem standhalten. Alte Ehepaare tun das gemeinsam. Sie tun es am Tag, indem sie einkaufen gehen, sie tun es nachts, wenn sie sich nach dem Alptraum die Hand halten. Sie tun es im Streit und beim Lächeln über die schönen Blumen. Sie sprechen nicht darüber, aber sie schauen sich an. Und sie sehen das Sterben in den Augen des anderen. Dann hauen sie ihr Geld raus.

Rosanna sprach neulich darüber. Sie sagte: Ich hänge nicht am Leben, ich tue nichts, um es zu verlängern. Andere Frauen legen sich noch mehr Bräune zu, gehen öfter zum Friseur und machen Waldläufe. Das würde es mir doch nur schwerer machen. Ich bereite mich darauf vor, alles zu verlieren, indem ich es schon jetzt loswerde. Ich gebe mein Geld aus. Alles andere ist doch ein sinnloses Aufbäumen. Ich kann nichts mitnehmen.

Auch Edin sprach irgendwann einmal. Er las gerade Bücher über Begräbnisrituale in der Altägyptischen Hochkultur. Abschalten ist das einzig Tröstliche, sagte er. Die Vorstellung davon, wie man nach dem Tod mit

Hund, Sklavin und vollen Vorratsschränken im Schattenreich weiterlebt, gewissermaßen auf den Knien im Wohlstand, das ist doch ... das ist doch ...

Und genau das ist es tatsächlich. Nur ist jetzt die Frage, wie man sich im Alter damit versöhnen kann, einfach alles zu verlieren. Muss man darüber nicht schon zu Lebzeiten völlig verzweifeln? Oder gibt es einen Trick, mit dem man sich selbst beruhigen kann?

Ja, ich denke, den gibt es.

Edin hat ihn neulich selbst verraten – ohne es zu merken. Ich sah ihn in der Stadt. Er stand vor einem Obdachlosen und schenkte ihm seine Kreditkarte. Man muss das nicht toll finden, aber es ist eine Art von Konsequenz.

-Mann, sagte der Obdachlose, warum tun sie das?

-Ich will nicht warten, bis es soweit ist, erwiderte Edin. Ich kann jederzeit meinen individuellen Shutdown vollziehen, das sollten sie auch überlegen, mein Bester.

-Moment mal, und die Geheimzahl?

-Ach so, sagte Edin. Und er nannte dem Obdachlosen die Geheimzahl.

Das alles ist unvernünftig, er ruiniert sich. Aber es rettet ihn. Er baut alles ab, was ihm den Abschied erschweren könnte. Und angesichts der Tatsache, dass eine unsichtbar bleibende Macht ihm alles aus der Hand schlagen wird, setzt er dagegen die eigene Entscheidung. Es ist die letzte und sie ruiniert ihn, aber nur er allein hat es in der Hand. Dann bewegt er sich auf den Turm zu, von dem er springen will. Das muss er rechtzeitig tun. Denn irgendwann einmal schafft er es nicht mehr die dreihundertfünfzig Stufen der Wendeltreppe hoch. Das wäre kläglich.

Es kommt wohl auf diese innere Haltung an. Sie muss stimmen. Sie muss abgestimmt sein, aber nicht mehr mit den äußerlichen, gültigen Regeln, sondern mit dem inneren Plan. Alte spüren das und ziehen sich rechtzeitig in die Welt dieses Planes zurück. Sie wenden sich um und sehen dem heraufziehenden kalten Sturm entgegen. Das kann absurd wirken und den Eindruck vermitteln, sie gerieten außer sich, sie seien nicht mehr zurechnungsfähig. In Wahrheit aber stehen sie in diesem Augenblick, mehr als alle anderen, mitten in den Realitäten dieses Lebens. Ihres Lebens.

Wir sind zwei Alte, die sich gut kennen. Und als wir uns neulich nach langer Zeit wieder einmal trafen, da fragte ich, wie es ihm ginge. Aber er hielt das für unter seiner Würde. Nein, er antwortete nicht etwa, das sei doch egal, er antwortete gar nicht. Genauer gesagt, antwortete er mit einer Frage.

-Warum hast du dich so lange rar gemacht?

Ich wollte nicht sofort wieder diejenige sein, die ihm nachläuft. Also antwortete ich nicht auf seine Bemerkung. Ich sagte: Dann könnten wir ja einen Kaffee trinken gehen.

-Er sagte: Ich habe dir das richtig übel genommen.

-Was denn?

-Man kann ja wenigstens antworten, ich erwarte das von meinen Frauen.

Er war kein Mann, der auf Fragen antwortet. Er stellte zur Not selbst Fragen. Man bekommt jedenfalls keine Antwort von ihm. Direkte Antworten sowieso nicht, vielleicht irgendwann einmal, wenn die Sonne untergegangen ist. Woran mag das liegen? Gestört hat es mich schon immer. Wenn wir früher zusammen im Bett lagen, beschrieb er mich, mein Aussehen und so. Und wenn ich ihn unterbrechen wollte, sprach er einfach weiter, und ich musste anerkennen, wie gut ich unter seinem Blick aussah.

Wer sich mit ihm einlässt, ist in seiner Hand. Er muss den Ton angeben. Einmal lud ich ihn zu mir ein, da war er schon vorher da und als ich vom Einkaufen kam, begrüßte er mich am Gartentor: Wo bleibst du denn!

Es gibt auf der ganzen Welt Menschen, die so sind wie er. Sie gehen vorneweg. Du interessierst sie nicht, jedenfalls nicht unabhängig von ihrer Beurteilung. Hat er dich bewertet, dann bekommst du deinen Platz. Aber den kannst du dann nur einnehmen, nicht wirklich leben. Ein Schritt zur Seite und er runzelt die Stirn. Du darfst sein Spielfeld nicht verlassen. Da ist er mit sich ganz im Reinen.

-Du siehst gut aus für dein Alter, biete ich als Gesprächsgrundlage an.

-Er darauf: Ich habe immer gewollt, dass du Trevira-Kostüme trägst.

-Ich: Was tust du bloß dafür, im Alter so gut auszusehen?

-Er: Ich habe lange vor dir gewusst, was dir steht.

-Ich: Treibst du denn Sport, sag mal?

-Er: Und darunter eine schneeweiße Bluse mit Stehkragen – das ist exzellent!

Weiß ist aber nicht meine Farbe. Ich liebe das Bunte. Davon abgesehen sind die Zeiten gerade so, dass man sich über andere Dinge austauschen sollte. Beispielsweise über die Anzahl der Verseuchten, die Tag für Tag sterben. Und darüber, ob wir noch am Leben bleiben werden.

Ich frage ihn, wie er sich vor dem Virus schütze. Er sieht aus dem Fenster des einzigen Cafés in der Stadt, das noch geöffnet hat, und sagt; er habe gerade eine Studie gelesen. Über den Zustand der Demokratie in

Arabien. Und er habe immer gewusst, dass es so nicht funktioniere. Er spricht weiter, ich schaue ihn an. Er wirkt heiter, aber irgendwas darunter ist schlimm. Müsste er nicht eigentlich aufbrüllen vor Schmerz über seine Verlassenheit? Er schaut mich nicht an. Er lässt seine Blicke schweifen. Selbst wenn er aufhört zu reden, bin ich nicht dran, sondern er stellt klar, warum er jetzt aufhört zu reden, und er erklärt mir, warum Schweigen oft besser ist. Weil es mit dem Gegenüber versöhnt. Ich stimme zu und frage ihn – wobei ich mich vorbeuge, um den Eindruck zu verstärken, dass ich die Fragende bin: Möchtest du denn, dass wir miteinander versöhnt wären?

-Er sagt: Schweigende finden oft die besseren Worte. Das gelingt allerdings nur Wenigen. Das hängt von der seelischen Tiefe ab.

Ich schweige. Ich werde abwarten, bis er wieder spricht.

Er beginnt dann auch und erzählt von sich. Er hat noch große Pläne. Zweifel daran, ob ihm das in seinem Alter noch gelingt, die hat er nicht. Und in die Quere kommen kann ihm dabei niemand. Er ist ja allein unterwegs.

Es war jedenfalls schön, dass wir uns wieder einmal getroffen haben.

AUF DER AUTOBAHN

„Bitte wenden! Nach einhundert Metern bitte wenden!"

Sie starren beide durch die Windschutzscheibe auf das graue Band der Autobahn. Die Leitplanken schimmern feucht, es hat gerade geregnet.

-Irgendwas stimmt nicht mit dem Gerät, sagt sie.

-Wenn ich autoritätshörig wäre, würde ich jetzt nach rechts einschlagen und mit Hundertzwanzig gegen die Leitplanken krachen, sagt er.

-Ich glaube, ich schalte das Gerät lieber aus, es ist verwirrrt, sagt sie.

-Ich habe dir ja sowieso gesagt, dass ich diese Dinger hasse.

-Aber es könnte uns nützlich sein. Wir streiten dann nicht mehr über den richtigen Weg. Das Gerät gibt den Weg vor und nimmt uns den Streit ab.

Sie schweigen. Nur das Brummen des Motors ist zu hören, dann das Knacken im GPS. Sie hat es endgültig ausgeschaltet. Noch rechnet er damit, dass es sich wehrt. Er erinnert sich an diesen Film, in dem eine Astronauten-Crew den Zentralcomputer abschaltet, und dieser, während er leiser wird und immer mehr regrediert, die Crew anfleht, ihn im Weltall nicht allein zu lassen, und schließlich damit beginnt, Kinderlieder zu singen. Hänschenklein, ging allein ...

-Weißt du, sagt er, es könnte durchaus sein, dass auch Elektronik eine Seele hat. Du hast ja eben selbst gesagt, es sei verwirrt.

Es knackt noch einmal im GPS. Sie kramt es aus der Handtasche und starrt misstrauisch darauf. Aber es will nichts sagen, es hat seine Verantwortung für die Crew im Auto wohl endgültig abgegeben.

-Sie sagt: Kein Kommentar mehr. Jetzt müssen die handelnden Figuren allein zurechtkommen.

-Das ist nicht schwer, sagt er mit fester Stimme, ich kenne mich aus.

-Sie hebt den Blick. So?

-Was so? Wie: so!

-Immer wenn du das in der Vergangenheit sagtest, haben wir uns verfahren.

-Lass uns nicht streiten, sagt er und winkt ab.

-Ich streite nicht. Ich sage nur …

-Meinetwegen kannst du das GPS wieder rausholen, wenn wir den Stadtrand erreichen. Dann kennt es sich aus und funktioniert vielleicht wieder normal.

-Ich mache mich doch nicht abhängig von so einem Ding, sagt sie.

-Aber du fühlst dich damit offenkundig sicherer, irgendwie besser geleitet!

-Ich habe drei Alternativrouten eingegeben und jetzt wollte ich nur sehen, ob es uns den kürzesten Weg anzeigt.

-Das tut es – direkt gegen die Leitplanke. Dann sind wir angekommen.

-Immer musst du nörgeln, sagt sie. Wir können es doch einfach ausprobieren. Wenn wir sehen, die Hinweise nützen uns nichts, dann vergessen wir es einfach.

———

Es hat wieder zu regnen angefangen. Die Autobahn ist immer noch leer. Kein Verkehr in ihrer Richtung und auch nicht in der Gegenrichtung.

-Glaubst du wirklich, diese Geräte könnten eine Empfindung haben?, fragt sie mit leiser Stimme.

-Vermutlich nicht. Aber man weiß es nicht sicher.

-Sie könnten uns beispielsweise loswerden wollen, schiebt sie nach, und uns deshalb in die Irre führen?

-Es gibt ja diesen Film, sagt er. Darin ...

-Ich weiß, unterbricht sie ihn, ich dachte gerade daran.

-Du auch?, sagt er, wie ertappt. Also jedenfalls, nimm den Menschen. Er besteht aus Haut und Knochen und Blut und Gelenkschmiere, ein Roboter, ganz mechanisch – und doch ist da mehr. Er besitzt plötzlich eine Seele, also Empfindungen. Die Seele ist da und wird ganz selbständig. Und was passiert mit ihr, wenn er stirbt? Macht sie dann einfach weiter?

Sie starrt auf ihre Handtasche. Hat darin nicht etwas gepiepst? Sie schüttelt die Tasche, so als wollte sie sagen: Still sein!

Sie blicken wieder geradeaus. Vor ihnen wird eine Baustelle angezeigt. Danach eine Umleitungsempfehlung.

-Oh Gott!, sagt sie. Doch nicht jetzt! Doch nicht mitten auf der Autobahn!

-Auf der A 49 ist immer alles möglich, sagt er. Auch dass man plötzlich wenden muss.

-Mach keine Witze, schau geradeaus!, sagt sie.

-Es ist ja kein Verkehr, sagt er. Und es redet uns niemand rein. Wir sind ja allein.

-Was meinst du damit – wir sind ja allein. Und wer soll uns reinreden!, sagt sie. Wie du das sagst, klingt es so dramatisch!

Ihre Stimme besitzt einen seltsamen Unterton.

-Wir sind eben auf uns selbst angewiesen.

-Das hat doch mit dem Verkehr nichts zu tun!

-Kein Verkehr hier, sagt er. Absolut nichts.

Aber plötzlich ist Verkehr da. Ein Zubringer entlädt seine Fahrzeuge auf die Autobahn.

-Das hätte unser GPS angezeigt, sagt sie.

-Umleitungsverkehr, sagt er.

-Es hätte uns gewarnt, und wir hätten uns darauf vorbereiten können, sagt sie. Wir wären jetzt darauf eingestellt, dass es Baustellen und Umleitungen gibt.

-Hol es raus und schalt es ein, empfiehlt er. Ich bin gespannt, was dem Gerät jetzt noch alles einfällt.

Sie kramt nach dem GPS und füttert es mit ein paar Daten. Das Gerät gibt einige Töne von sich und schnurrt dann zufrieden.

Eine Stimme sagt: „Nach einhundert Metern bitte auf die rechte Spur fahren und wenden!"

Sie blickt ihn erschreckt an. Und er erschrickt vor ihrem Blick.

ENDLICH ASCHE

Meine Asche im Meer verstreuen, das wäre mein Ideal. Ein schöner Gegenentwurf gegen die Enge meines heimatlichen Flecks. Wo sich heutzutage alle eingraben lassen, im Festtagskleid, tief unter der Erdkrume, um daraus ein Büschel Unkraut sprießen zu lassen. Wegen des Andenkens, du weißt schon. Um eine Spur hinterlassen zu haben.

Ich frage mich nur, ob beides Sinn macht. Ich meine, sowohl das eine als auch das andere Vorgehen wird unbemerkt bleiben. Denn letztlich werden doch alle froh sein, wenn ich endlich weg bin. Wohin isser denn, ei, ei, ei! Und dann kann ich nicht mal mehr die Fäuste ballen oder ihnen das Gesicht zerkratzen. Also, was soll ich tun?

Im Ort gibt es zunehmend Heimatkrumenspezialisten. Sie behaupten, ihre Heimatkrume sei einzigartig in der Welt. Nicht nur einzigartig in ihrem Ort, nicht nur in der Region, nicht im ganzen Land. Nein, einzigartig auf der ganzen Weltkugel, ja, im Universum, mit seinen Milliarden Galaxien, die allesamt unendlich viel größer und wichtiger sind als unser winziges, herumkullerndes Sonnensystem.

Was soll man dazu sagen? Welche Not springt einen da an!

Die Leute hier sind allesamt nicht komplett. Es fehlt ihnen – ja, was ist es denn, was ihnen fehlt!? Ich bin ratlos. Ich weiß es nicht. Vielleicht mangelt es ihnen an Vitamin A. Mein Arzt äußerte neulich so was. Ich weiß es nicht. Ich glaube, das liegt tiefer. Vielleicht wissen sie einfach nicht, was sie hier sollen. Und daran geben sie irgendjemand die Schuld. Der da iss Schuld, der guckt so komisch! Oder die da! Anstatt sie einfach mal ihre Unterhose wechseln.

Sie nehmen sich alle zu wichtig. Jeder denkt: Wo ich mich nun schon jeden Tag so schinden muss, um mit meiner Gicht in die Schuhe zu kommen und hinterher wieder raus, und wo ich kämpfe gegen die Seuche mit all diesem Aufwand, da muss doch was bleiben von mir. Irgendeine Art Andenken, als Held des Alltags. Das alles kann doch nicht umsonst gewesen sein. Und dann verfallen sie auf die Nummer mit der Krume und dem Unkraut.

Dagegen das offene Meer! Ich würde mich überall hin verstreuen! Ich käme ja mindestens bis Sansibar! Und davon würden alle profitieren, die mich als Dünger brauchen. Alles fließt doch, alles löst sich auf. Nichts bleibt.

Davor habe ich natürlich auch ein bisschen Angst ...

EMOTIONALE MOMENTE

Das Capriccio Italian der Gefühle. Das gibt mir den Rest.

Ich gebe zu, dass es mir am Anfang sogar gefallen hat. Dieses halbsentimentale, halbempfundene Glück der Erinnerungen.

-Weißt du noch, als von der Adria her die Abendbrise kam und diese unvergleichlichen Pappeln tanzten.

-Ja, das war der Knaller.

-Der Knaller war's nun nicht gerade, ich meine, das ist der falsche Ausdruck, es war einfach nur schön.

-Der Knaller, beharre ich, Affengeil, zusammen mit dem Ausblick auf die Bucht.

-Und vom Haus her das Capriccio, wie gemalt.

-Wie gemalt? Was meinst du damit? Kann ein Gefühl gemalt sein?

-Heute hast du's aber wieder, sagt sie. Heute bleibt man auf Abstand, was? War schon zu viel Nähe im Spiel?

Zugegeben, ich neige zur Kraftmeierei. Wenn es mir zu rosarot wird, rotze ich rum. Obwohl ich gar nicht so bin. Ich mag nur nicht diese geborgten Gefühle. Hier ein bisschen Trailer mit Sonnenuntergang, da ein bisschen Bussi-Bussi mit Umarmung, da ist nichts wirklich tief Empfundenes im Angebot. Neulich erzählte sie mir vom Tod ihrer Großmutter, als wir noch in der Krise waren. Dabei heulte sie nicht mal und schüttelte sich auch nicht vor Entsetzen über eine schlimme Erinnerung, nein, sie sagte: Das war ein emotionaler Moment. Ein emotionaler Moment! Als ihre Großmutter an diesem unbeschreiblichen Virus erstickte, obwohl man alles tat, weil sie ja zur Risikogruppe gehörte! Wie die Beschreibung eines entfernten Vorganges, den sie interessiert beobachtete ...

Die Pappeln rauschen. Der Wind vom Meer her wird stärker, vielleicht kriegen wir ein Gewitter. Jedenfalls in der Erinnerung.

Sie starrt mich misstrauisch an. Was kommt als nächstes, irgendeine kleine Gemeinheit, ein kleiner Stoß im richtigen Moment?

Hier bei uns sind die Felder abgeerntet. Es wird plötzlich bitterkalt. Wenn die Kirschbäume nicht schon im Sommer kaputtgegangen wären, würden sie jetzt erfrieren.

Gestern Morgen fand ich ein Rehkitz tot auf der Lichtung, blutig, abgenagt. Unsere beiden Kollegen in der Klinik waren trotz Herz-Lungen-Maschine nicht zu retten, unsere Katze verreckte, am Ende war sie ein Häufchen Knochen mit großen, Hilfe suchenden Augen. Es geht immer so weiter. Auch mit unserer Beziehung. Mein Gott, wir haben uns doch mal so sehr geliebt! So wie Gatsby und Daisy. Mindestens so sehr. Vielleicht stärker. Zumindest mit demselben, unzerstörbaren Glauben an die Ewigkeit. Und wir haben uns ein Haus mit starken Fundamenten am See gebaut, in dem wir nicht ertrinken.

Jetzt, nach der Seuche, kommen die Winterstürme.

Aber die Musik aus der Anlage ist wirklich schön. Vielleicht sollte ich dieses laue Gefühl füreinander als das Mögliche nehmen. Es ist ja immerhin etwas. Etwas zum Hören, Sehen, Riechen, Anfassen. Andere haben nicht mal das. Es gehört uns.

Vielleicht sollte ich die Musik aufdrehen.

DIE SIGNATUR DER LIEBE

Heute habe ich keine Zeit dafür. Vorher wäre es noch möglich gewesen. Aber jetzt raubt mir der Todkranke alle Zeit. Ich kann mich nicht mehr um mich kümmern. Wozu auch! Wenn das Leben unter der Knute einer solchen Seuche sowieso im Sand verläuft.

Aber wer wacht nun über mich? An meiner Seite ist niemand. Wenn ich von den Diensten nach Hause komme, brennt kein Licht in meinem Haus. Niemand sitzt da und lächelt mir zu. Gut, die Katze, ja. Aber ein echtes Gegenüber ist sie ja nun nicht. Nur wenn ich sie anschreie, dann zeigt sie eine Reaktion. Sie duckt sich und legt die Ohren an. Sonst ist da nur leerer Raum. Da kann ich die Möbel verrücken wie ich will.

Es war anders gedacht. Nach der Sehnsucht der Kindheit wuchs doch da etwas. Angefüllt mit ungeheuren Bildern. Mit nächtlichen Landschaften. Tagsüber bewohnt von Figuren und Gestalten, die unaufhörlich etwas versprachen. Mit Sätzen aus Filmen und Büchern und von Musik. Um mich herum waren Menschen. Ich war nie allein, das nicht. Aber ich wagte nicht, sie wirklich anzusprechen. Mit welchen Worten denn. Es wäre zu drastisch gewesen. Ich war da, sie sahen mich alle, das ist klar, aber es blieb immer dieser Abstand.

Die Hitze kam plötzlich und überwältigend. Das Brenneisen hinterließ eine unauslöschbare Spur. Die Signatur trage ich noch heute, und ich schaue sie mir auch jeden Tag an. Und jede Nacht. Dieses schwarze

Herz, berührt von einem roten Herz, die Signatur der Liebe auf meiner Brust, das drang durch die Haut.

Danach wurde es dunkel. Er ging weg, wortlos. Er verschwand einfach, nachdem sein Stempel mich für alle Zeit zu seinem Werk gemacht hatte. So einfach verhalten sich manche und wollen nichts wissen von den Opfern. Darüber muss ich nichts in den Büchern lesen, das weiß ich, wenn ich morgens aufwache, nach unruhigem Schlaf. Draußen kläffen dann schon die Hunde.

Ich habe mich niemals angeboten. Nicht den Einheimischen, nicht den Fremden. Was mich davon abhielt, will ich gar nicht wissen. Ich wollte einfach bei mir bleiben. Manche Opfer kläffen dann wie die Hunde am Morgen. Ich wollte das nicht, ich wollte warten, bis jemand kam, der mich sah und nahm. Aber das Leben kann schneller vergehen, als einem lieb ist, und dann sitzt man wortlos da und bekommt kaum noch Luft. Und man füllt die Leere auf mit mancherlei Dingen.

Ich kümmere mich eben um den Todkranken. Es hat ihn schwer erwischt, er braucht mich. Er ist dankbar. Er schaut mich mit seinen vom Virus getrübten Augen an und meint mich. Und ich vergesse alles andere. Natürlich war das Früher anders, aber so ist eben das Leben, es ist nichts dahinter, man denkt es nur unaufhörlich. Nein, es ist nichts dahinter.

EIN REZEPT FÜR DIE NACHT

Er geht um Mitternacht ins Bett. Schläft sie schon? Gewöhnlich ist er leise, sie hat einen leichten Schlaf, und wenn er sie weckt, bleibt sie oft die ganze Nacht lang wach, wälzt sich herum, stöhnt, und am nächsten Tag ...

Er legt sich in Zeitlupe in die Kissen, strampelt ein bisschen, aber vorsichtig, bis er richtig liegt, verfängt sich in seinem Nachthemd, das sie ihm gekauft hat, liegt endlich, schließt die Augen. Draußen ist es still, die Pferde der Nachbarin schnauben nur ein wenig.

-Wahrscheinlich bin ich schon eingeschlafen, sagt sie plötzlich.

-Na, hoppla, denkt er und sagt: Schlafen wir weiter, ich bin müde.

-Sag mal, fährt sie fort, und er merkt, wie ihre Stimme allmählich kräftiger wird. Sag mal, wie machen wir es Morgen früh?

-Ich bin müde, es ist nach Mitternacht.

-Bevor wir aufstehen, sollten wir wissen, wie wir es machen.

-Können wir alles am Morgen nach dem Aufwachen besprechen.

-Ich würde es gern gleich wissen.

-Gut, du brauchst ein Beschäftigungsprogramm für die Nacht, resigniert er. Also, ich könnte mir vorstellen, dass du zur Blutabnahme in die Praxis gehst, und ich warte mit dem Frühstück, bis du wieder zurück bist.

-Ich weiß nicht, wie lange es dauert.

-Ich warte, zwischendurch kann ich ja schon mal mit meiner Arbeit anfangen. Du könntest mir übrigens Tabletten bestellen.

-Dafür brauchst du aber ein Rezept.

Er dreht sich zu ihr. Er sieht ihren Umriss gegen die Vorhänge aus weißem Leinen. Im Hof scheint noch ein spätes Licht zu brennen.

-Ich brauche dafür kein Rezept, sagt er. Das Rezept stellt der Arzt aus, von ihm kriegt es wie üblich der Apotheker. Von dem hole ich die Pillen ab.

-Wie, du brauchst kein Rezept, sagt sie. Sie richtet sich im Bett auf. Draußen fährt ein Windstoß durch die schon kahlen Bäume, es ist bereits November. Du brauchst kein Rezept?

-Nein, ich müsste es ja selbst ausstellen.

Sie stützt sich auf den Ellenbogen, beugt sich in seine Richtung und schaut ihn mitleidig an.

-Du kannst doch kein Rezept ausstellen!

-Behaupte ich auch nicht. Ich brauche kein Rezept.

-Wieso braucht man kein Rezept, wenn man Medikamente holt.

-Weil der Arzt das Rezept hat, nicht ich, sagt er müde.

-Du kriegst keine Medikamente ohne Rezept, beharrt sie.

-Der Arzt stellt das Rezept aus, oder seine Sprechstundengehilfinnen, nicht ich.

-Aber das ist doch Haarspalterei, erwidert sie. Sie legt sich zurück auf den Rücken und starrt zur Decke. Haarspalterei ist das doch!

-Er atmet tief ein und aus. Willst du zum Frühstück ein Ei?

-Ich weiß ja nicht, wann ich von der Untersuchung zurückkomme.

-Egal, ich warte damit. Ich warte auf dich, obwohl ich morgen viel zu tun habe, vorausgesetzt, wir können jetzt bald einschlafen.

-Willst du ein gekochtes oder gebratenes?"

-Ist mir doch egal, schreit sie und richtet sich kerzengerade auf. Ich will doch kein Ei von jemandem, der behauptet, ein Medikament ohne Rezept zu bekommen! Das ist doch nervtötend!

Sie sitzt jetzt wieder im Bett und schaut auf ihn herab.

Draußen wird das Schnauben der Pferde lauter. Sie stehen zu viert seit einer geschlagenen Woche in einem engen Gatter ohne Auslauf. Ihre einzige Beschäftigung ist Heu fressen und Schnauben, allmählich werden sie aggressiv.

-Renate! Jetzt hör doch mal! Es ist spät, ich möchte gern einschlafen, ich habe morgen viel zu tun!

-Ohne Rezept kriegst du gar nichts im Leben!

-Schon möglich. Jetzt will ich schlafen!

-Ist doch bescheuert, so was zu behaupten! Und dann auch noch zu sagen, du könntest das Rezept selbst ausstellen!

-Das habe ich keineswegs gesagt! Jetzt hör endlich auf! Es ist mitten in der Nacht!

-Schrei nicht so! Wer soll uns denn alles hören!

-Ich brauche kein Rezept, wenn ich zum Arzt gehe,

um ein Medikament zu bestellen! Seit Jahren bekomme ich dieselben Pillen vom Arzt! Ich rufe an oder gehe hin, bestelle das Zeug und die Leute in der Praxis stellen das Rezept aus, das sie dem Apotheker schicken! Von dem hole ich die Pillen dann ab! Ich brauche, verdammt noch mal kein Rezept für die Bestellung!

-Du bist doch vielleicht ein Kretin! So einen Schwachsinn habe ich ja noch nie gehört!

Sie klopft jetzt mit der flachen Hand auf sein Kopfkissen.

Er richtet sich gefährlich langsam auf – zumindest kommt es ihm so vor.

-Jetzt hör mal, Renate! Ein für allemal! Nenne mich nicht Kretin, verstehst du? Du schaffst es nicht, mich kleinzukriegen, obwohl du es jeden Tag von morgens bis abends versuchst, wie mit allen anderen, nur weil du dich selbst klein fühlst! Das schaffst du einfach nicht, verstanden! Also lass es!

-Ich habe also kein Selbstbewusstsein, oder wie?

-Nicht im ausreichenden Maße jedenfalls.

-Trotzdem brauchst du ein Rezept! Das weiß jeder! Jeder, der zum Arzt geht, muss sagen, dass er ein Rezept braucht für die Apotheke! Sonst gibt ihm der Kretin – der Apotheker – keine Tabletten!

-Ja, zugegeben! Aber das Rezept stelle ich nicht aus, das stellt der Arzt aus, er gibt es danach dem Apotheker, von dem bekomme ich die Pillen!

-Du könntest ja gar kein Rezept ausstellen! Was bildest du dir denn ein!

-Man könnte sagen, dass *es* ein Rezept braucht, wenn man Pillen haben will, das könnte man sagen. *Es* braucht dafür ein Rezept. Aber nicht: dass ich ein Rezept brauche.

-Ohne Rezept kein Medikament, sagt sie. Das weiß jeder. Nur du weißt es nicht. Du weißt überhaupt auffällig wenig. Zu wenig für mich, wenn du mich fragst.

Im Repertoire sind sie jetzt also an diesem Punkt angekommen. Eberhard hätte gern an ihrem Kopfkissen gezerrt. Aber er ist zu müde. Sie hingegen ist inzwischen hellwach.

-Lass uns jetzt aufhören, sagt er. Wir sprechen morgen früh weiter.

Erneute Windstöße draußen. Er stellt sich vor, wie die verdorrten Blätter der Kastanie über das Kopfsteinpflaster des Hofes wirbeln. Sie sind trocken und braun von der Minimiermotte des Sommers, auf sie scheint ein bleicher Vollmond.

-*Es* braucht dafür ein Rezept?, höhnt sie.

-Ja, das kann man so sagen. Unbestimmter Artikel vor dem Verb.

Sie holt tief Luft. Ihre Stimme ist jetzt leicht zurückgesetzt, als ginge sie vorsichtshalber in Deckung.

-*Es* braucht kein Rezept. Du brauchst eins! Du! Nicht *es*!

Ich kann keine Rezepte ausstellen, sagt er, ich bin Patient, kein Fälscher.

-Was soll denn das schon wieder!, ruft sie. Sie sitzt jetzt noch gerader in den Kissen. Warum belehrst du mich darüber? Soll ich dich zu was anstiften, oder was? Behauptest du etwa, ich wolle dich zu einer Fälschung anstiften?

-Absurd! Hör mal, Renate, wir könnten uns gegenseitig entschuldigen, und dann ist Schluss! Dann können wir schlafen. Ich habe morgen viel zu tun.

Sie schweigt einen Moment. Er sieht, dass sie die Hand gehoben hat. Sie lauscht.

-Hörst du? Diese Schreie kommen von Waschbären.

Er sagt, dass er keine Waschbären hört. Aber er hört s i e. Ihre Stimme ist irgendwie getränkt in Verzweiflung. Er weiß ja, sie hat es im Moment schwer. Zu viel passiert gerade in ihrem Leben. Er möchte deshalb versöhnlich klingen, die Stimmung zwischen ihnen aufhellen, damit sie nicht in der Verzweiflung verharren, kalt nebeneinander, das bisschen Zeit, das ihnen bleibt, ist so kostbar, sie könnten noch mitten in der Nacht sterben oder todkrank werden, Herzinfarkt, Schlaganfall, Morbus ... und dann würden sie alles bereuen, aber es wäre zu spät. Er möchte sagen, dass er keine Nacht neben ihr verbringen will mit dem Bewusstsein, ihre Partnerschaft nicht mehr zu ertragen. Er spricht aber nicht davon.

-Er sagt: Lass uns jetzt einschlafen, Renate. Morgen ist ein neuer Tag!

-Ein Tag ohne Rezepte!, sagt sie. Und dreht sich auf die andere Seite.

ES WAR EINMAL

Es ist wie im Märchen.

Die Menschen treten näher. Man erkennt sie. Man ist bereit, sie zu grüßen, ihre Ankunft ist ja lange erwartet, manche von uns freuen sich sogar. Wir heben die Hand und schauen ihnen erwartungsfroh in die Augen. Aber etwas fehlt. Es macht uns unruhig, wir schauen genauer hin und sehen, wie sie ihr Aussehen zu verändern scheinen – oder spielen unsere Gefühle uns einen Streich. Sie scheinen aus anderen Bereichen unseres Lebens zu kommen, nicht aus denen, wo man verlässliche Umgangsformen kennt. Das macht uns unsicher. Wir sind es gewohnt, dass man unsere Gesten kennt, dass man die Äußerungen in unserer Sprache erwidert. Aber etwas bei diesen Anderen läuft schief. Sie bleiben stocksteif, erst als wir uns abwenden wollen, reagieren sie. Sie geben Laute von sich, die sich dann auch zu Worten formen, das durchaus, aber ach so bemüht und so langsam! Und sie strecken uns nicht die Hand zum Gruß entgegen. Wir begreifen allmählich, dass diese Wesen aus einer unwirklich anderen Sphäre zu uns gekommen sind. Vielleicht aus einer ganz anderen Zeit. Wahrscheinlich aus dem Märchenland.

Dann brauchen sie natürlich Zeit, um bis zu uns zu gelangen. Sie kommen dann ja aus ganz anderen Ländern und Zeiten, müssen Jahrhunderte zurücklegen, ihre Gestalten sind zwar schon anwesend, aber ihre Gedanken und ihre Gefühle befreien sich erst allmählich aus den alten Gegebenheiten. Sie müssen die Spinnennetze der Vergangenheiten abstreifen, gesponnen von ganz anderen Tieren als den heutigen und hiesigen, sie müssen ihre eigenen, gewohnten Emotionen anpassen und sich gedanklich öffnen für uns. Und wer weiß, wie sie uns wahrnehmen. Sind wir nicht eher eine Bedrohung für diese Gestalten, die aus den Wäldern und Waldhäusern kommen, aus den Hexenhäuschen und den Mühlen am rauschenden Bach!

Niemand lacht. Dann doch dieses kleine Ding. Ein Mädchen mit roten Zöpfen, sie scheint neugieriger zu sein, vielleicht ist sie ihrer Zeit voraus. Auf unserer Seite lacht niemand. Wir starren uns weiterhin an und etwas Wehmütiges überkommt uns. Es könnte doch auch so sein, dass wir uns um den Hals fallen – endlich durch die Abgründe der Jahrhunderte vereint. Endlich lernen wir uns doch kennen, nachdem wir immer nur Meinungen und Vorurteile von uns gegeben haben, endlich sehen wir doch den Anderen und erkennen, er ist wie wir. Aber plötzlich bellt einer, eine Art Hund oder Wolf, und wir, gerade bereit, einen Schritt nach vorn zu gehen, erschrecken und bleiben zurück. Wir wollen die Fremdheit nicht leugnen, sie ist da und sie schaut uns an.

Es ist eine seltsame Gemeinschaft, die uns da gegenübertritt. Sie riechen anders, in ihrer Welt scheint es andere Düfte und Lüfte zu geben. Ihre Kleidung ist bunt, sie besteht aus anderen Stoffen und aus anderen Formen, sie tragen andere Kopfbedeckungen, einige haben an Stricken und Schnüren Waffen umgegürtet. Vermutlich machen wir auf sie den gleichen, fremden Eindruck. Wir werden für diese nur eine unbekannte Menge sein, unter ihnen sind immerhin bekannte, einzelne Gestalten. Wir sehen den Daumesdick, das Aschenputtel und das Rosenrot. Sie werden unter uns den Bürgermeister, den Broker und den Software-Entwickler nicht erkennen. Wir sind so fremd für sie, wie sie für uns.

Bis einer zu erzählen beginnt. Es ist nicht einmal auszumachen, aus welchen Reihen er kommt. „Es war einmal vor langer Zeit, als das Wünschen noch geholfen hat ...“

Da regen sie sich. Der Märchenton ist allen bekannt. Es ist, als hätte dieser angeschlagene Ton alle Sensoren aktiviert, eine Art WLAN über die Zeiten hinweg. Jetzt lachen alle. Wir gehen aufeinander zu und laden sie zu uns nach Hause ein. Und sie beginnen zu gestikulieren und zu reden, durchaus auch wild durcheinander. Und wir freuen uns, dass wir diese Grenze nun endlich überschritten haben.

Ich würde es gern so machen, wie mein Vater es gemacht hat. Er hat doch Maßstäbe gesetzt. Zumindest in seinem eigenen Leben. Er kam und ging wieder, aber dazwischen setzte er doch eine Menge Dinge in die Welt. Bis zu dem Zeitpunkt jedenfalls, als man ihm alles aus der Hand schlug.

Aber ich weiß es nicht genau. Ich habe ihn nie kennengelernt. Ich kannte nur seine Frau, meine Mutter. Sie saß am Tisch und strich seufzend über die Tischdecke aus geblümtem Kunststoff. Sie dachte unaufhörlich an ihn, über seinen Tod hinaus, als er auf dem Rückzug bei Kriegsende auf dem Bahnhof von Warschau starb. Sie schaute sich Fotos von gemeinsamen Ausflügen an, in die Nassenheide, in die Schorfheide, ins Rhinluch. Viel mehr hatte man ihr nicht gelassen, die Schläge waren gnadenlos. Und jetzt muss ich zusehen, dass ich irgendwie dazwischen passe.

Ich bin ja selbst schon alt.

-Und meine Frau ist auch alt und sagt zu mir: Du mit den immergleichen, alten Sachen.

-Und ich antworte: Damals lebten wir wenigstens noch, heute blätterst du nur in deiner Zeitung, und wenn ich was sage, bekommst du umgehend einen Hustenanfall.

-Na, sagt sie, so ist es ja wohl nicht. Ich will nur nicht immer dieselben Geschichten hören.

Sie hat Angst davor, dass wir uns isolieren könnten, zwei Einsame, eingelegt in Aspik. Und draußen reiten die Frühlingsboten vorbei, ohne anzuhalten. Sie sehen nicht mal zu uns herüber. Und wir streichen über die Tischdecke und seufzen.

Dagegen mobilisieren wir beide unsere Kindheit. Jeder von uns die seine.

-Sie lacht mich aus, und sie sagt: In deinem Alter musst du nicht mehr an deinen Vater denken.

Aber bei mir ist es so, dass ich wie ein Fels im Mittelpunkt meines Lebens stehe und alles schäumende Wasser um mich herum, ist nur für mich da. Die Wellen brechen sich an mir. Deshalb ist für mich Gestern Heute. Sie ist auch scharf auf Erinnerungen und verliert sich in Einzelheiten, meistens denkt sie an ihre Schulzeit und die unzähligen Freundinnen, mit denen sie so viel getan hat.

-Sie sagt: Damals, im Internat.

-Ich sage: Damals, in meiner Kindheit.

Das ist der feste Boden, auf dem wir stehen. Es ist nicht unser Leben, aber es ist das, woran wir uns erinnern. Mit Bildern, die bleiben.

Eine Art Heimat.

DIE HENKERSCHLINGE

Die Henkerschlinge hing direkt über der Eingangstür. Wenn jemand in das dunkle Blockhaus oder hinaus in den blühenden Garten trat, stieß die klobige Tür gegen die Schlinge und sie schwang vor und zurück.

Es gelang mir nicht, den Blick abzuwenden. Die Gespräche in der kleinen, geladenen Runde waren harmlos und heiter und plätscherten weiter. Auf dem Nachbargrundstück kläffte ein Hund. Jemand spielte auf einer Blockflöte. Aber die zierliche Henkerschlinge aus einem dünnen, weißen Hanfseil, mit ihrer schmalen Öffnung für den Kopf des Delinquenten, gab jedes Mal einen lautlosen Ton von sich, der besagte: schau mich an, siehst du es nicht, hier ist der Eingang zu einem Drama.

Es wurde mir immer klarer, dass die Schlinge nicht zufällig dort hing. Obwohl nicht größer, war es nicht einfach eine vergessene Schlaufe für eine Markise oder einen Vorhang. Es gab keine Markise, es hatte nie einen Vorhang gegeben. Jemand hatte das dünne, weiße Seil der Schlinge über der Türöffnung angebracht, wo sie deutlich genug wahrgenommen werden konnte. Wo sie nun hin und her schwang, als sei der Prozess noch im Gange ...

Die Miniatur einer Henkerschlinge. Ein Zeichen, das gesetzt sein wollte.

Ich blickte den Gastgeber an. Er schien mich die ganze Zeit zu beobachten. In seinem Blick lauerte etwas. Oder fiel nur ein irrlichternder Sonnenstrahl auf seine grünen Augen. Vielleicht beschäftigte ihn die Frage, was nun ans Tageslicht kommen würde.

Unwillen stieg in mir auf. Ich beschloss, die Schlinge nicht weiter zu beachten. Das Gespräch in der Runde begann, mich zu interessieren. Es drehte sich um das Leben auf dem Land, eine Herausforderung für zugezogene Städter, wie ich einer war. Aber solche Blockhütten mit abgemessenen und zugeteilten Gartenpartien brauchten wir nicht. Wir liebten das weite, freie Land mit seinen offenen Horizonten.

Aber diese böse, kleine Schlinge über dem Eingang; dieses anmutige und bedrohliche Zeichen für etwas anderes, das auch noch gegenwärtig war ...

Der Anblick begann, mich zu quälen. Ich stand auf. Ging ein paar Schritte über Kies, Rasenstück und Bodenplatten. Dann setzte ich mich wieder – mit dem Rücken zur Schlinge.

Mittlerweile war ein leichter Wind aufgekommen. Büsche und Bäume bewegten sich geschmeidig. Der Gastgeber erzählte aus seinem Leben. Alles schien ihm gelungen zu sein. Ein wenn auch langsamer, so doch stetiger Aufstieg. Bis hin zu dieser ersten, sommerlichen Einladung auf seinem Gartengrundstück. Für ihn ein Wagnis, aber sie waren alle gekommen. Offensichtlich war es ihm in Jahren gelungen, die hässlichen Vorurteile des Dorfes zu zerstreuen. Alle sahen, wie er das genoss.

Ich blickte über die Schulter zur Eingangstür des Blockhauses. Die zierliche Schlinge schwang vor und zurück. Sie schwang nach innen, wie ein luftiges Sommerkleid, das vom Wind erfasst wurde, sie schwang nach draußen, mit einer herausfordernden Geste. Und sind das nicht die beiden Stimmungen, mit denen wir im Sommer die Natur erfahren? Niemand von den Gästen schien die Schlinge bisher bemerkt zu haben, sie war zu unscheinbar, wenn man wollte, war sie nicht mehr als eine harmlose Schlaufe am Türbalken.

Ich konnte mich nicht mehr beherrschen. Wie dumm von mir! Denn seitdem ist ja alles so viel anders geworden.

Ich machte einen launigen Einwand. Ich unterbrach sogar das Lamento des Pfarrers mit dem zerknautschten Golfhut auf dem schütteren Haar. Ich sprach ganz unvermittelt davon, dass es sicher eine Zeit gegeben haben musste, in der unser korpulenter, kräftiger Gastgeber, der gern saftigen Genüssen zusprach, schmal und zierlich gewesen sein musste, denn er habe doch sicherlich die kleine Schlinge am Türbalken, mit der er sich einst aufhängen wollte, nach seinen Maßen angefertigt.

Laut lachend sah ich in die Runde.

Die Gäste blickten verdutzt. Ihr Schweigen war derart tief, als seien ihre Worte in Abgründe gestürzt.

Der Gastgeber sah mich einen Moment lang mit plötzlich dunkel gewordenen Augen an.

-Dann sagte er: Ja, das war schon was, damals. Davon habe ich noch niemandem erzählt. Ich machte ja die Erfahrung, dass die Schlinge, eigentlich ein starkes, vielfach geknüpftes Schiffsseil, das ich erprobt hatte, riss, und so fiel ich zu Boden und brach mir das rechte Bein, und meine Halswirbel waren danach auch nicht mehr in Ordnung, ihr seht ja alle, wie schief ich sitze; ja, das geschah damals als meine Frau so qualvoll starb, eine unglückliche Zeit, in der ich nicht mehr leben wollte, ja, ich gebe ja zu, ich habe es unvollkommen angestellt, ich wusste damals einfach nicht mehr weiter ...

Er begann zu weinen. Er sank in seinem Stuhl vornüber, schlug die Hände vor das Gesicht und schluchzte eine Weile haltlos.

Niemand konnte ihn trösten.

-Als die Gäste ihre Sprache wiedergefunden hatten, sagte die Ortsvorsteherin unseres Nachbardorfes: Wenn wir gewusst hätten ...

-Und ihr Mann, der bei der Versicherung tätig ist, sagte: Mein lieber Herr Gesangverein, das ist ja ...

-Meine Frau hatte mir längst ihren vorwurfsvollsten Blick zugeworfen, und ihr Bruder, der neben ihr saß, sagte: Manche Dinge sollte man ruhen lassen.

Und ich schwieg auch. Ich blickte zu der Schlinge über der Türfassung. Aber der Wind hatte die Tür zufallen lassen und die Schlinge eingeklemmt. Sie schwang nicht mehr. Man sah sie nicht mehr.

Unser Gastgeber ließ sich durch unsere aufmunternden Zurufe nicht aufhalten. Er kam erst nach Stunden zurück. Da lächelte er aber.

HEINER UND KARIN

Am Abend stand er im Garten und sah, wie sein Teich
vergreiste. Auf dem dunklen, ziemlich tiefen Wasser
wuchs eine farblose Decke aus verfilztem, stellenweise
noch grünem Gras und bedeckte schon die ganze Fläche. Er sah es mit Resignation, denn dies war nicht
rückgängig zu machen. Es war ebenso endgültig wie
sein Leben. Hier auf dem Land, wohin er mit großen
Plänen gezogen war, gedacht als Neuanfang, ging alles
schneller zu Ende.

Gestern hatte er es zum ersten Mal gespürt. Karin
hatte ihm noch zugerufen, er solle sich beim Einkauf
beeilen. Und nachdem er in sein neues Auto eingestie-
gen war und kräftig aufs Gaspedal drückte, gab es diesen Moment. Er musste anhalten, konnte mitten auf
der Bundesstraße einfach nur noch stehen bleiben, das
Hupen hinter sich ertrug er.

Und seitdem hatte sich in ihm etwas verändert. Trost
hatte er nie erhalten, den Erzählungen von den Para-
diesen, die den Gestorbenen bleiben, nie getraut. Und
er war zu mutlos, bis zum letzten Atemzug zu kämp-
fen. Aber jetzt? Seine Art zu gehen hatte sich von
einem Moment auf den anderen verändert. Seine
Beine gehorchten ihm nicht mehr, so als nahmen sie
schon Anweisungen aus einer zukünftigen Zeit entgegen. Und als er nachhause zurückkam, blickte Karin
ihn an, als sähe sie ihn zum allerersten Mal.

-Was ist mit dir los?

-Die Nerven.

-Quatsch. Du hast keine.

-Ich weiß nicht, was los ist.

-Irgendwas brütest du doch aus, Heiner. Jetzt komm erst mal rein.

Heiner stand fest in seinem Leben, und wenn etwas wankte, dann hatte es seinen verständlichen Grund. Heiner packte es an und reparierte es. Man musste schließlich weiter atmen, es blieb viel zu tun. Er musste die Einkäufe machen.

Heiner kam aus einem Dorf bei Gießen, man hörte es seiner Sprache an, viele rollende R's, fest in den Wetterauer Acker gerammt. Dass er dort Bauer, später in der Schwälmer Senke Handwerker geworden war, hatte damit zu tun, er brauchte die Fundamente. Nichts sollte sich jemals verändern, schon gar nicht kaputtgehen. So dachten hier alle, die er kannte. Es hatte damit zu tun, dass es im richtigen Leben keine Metaphern gab, die alles in ein Spiel auflösten und Sprache an die Stelle von Tatsachen stellten. Hier war alles echt – einzigartig und unwiederholbar. Aber nun plötzlich machte sich jemand einen Spaß daraus, Tatsachen in etwas zu übersetzen, das es in der Wirklichkeit nicht gab. Oder wie sonst sollte er seinen eigenen Gedanken verstehen, dass sein Teich vergreiste. Das war ja ein Vergleich und ein Bild, das einer Metapher gleichkam.

Vorsicht, dachte er, irgendwas ist hier los ...

Er erzählte es Karin. Sie tippte sich an die Stirn.

-Alter Schwede, sagte sie, zu viel Schundliteratur gelesen. Warum liest du auch immer so viel, komischer Bücherwurm!

-Wegen dem Stillstehenkönnen, sagte er. Im richtigen Leben geht ja alles erbarmungslos immer weiter, in den Büchern hört es auf, und du kannst es weglegen.

-Das ist doch kein Grund, dauernd zu schmökern, und den Einkauf nicht zu machen, sagte Karin.

-Dann noch wegen den anderen Welten, sagte er. Was man alles hätte tun können! Was für andere Pläne man hätte haben können! Man hätte abbiegen können.

-Für mich gibt es nur die eine Welt, sagte Karin, nämlich diese hier in Ziegenhain und basta!

-Du bist auch zehn Jahre jünger als ich, sagte er, nimmst die Sache noch immer nicht ernst.

-Welche Sache denn?

-Wie alt man auch wird, sagte er, plötzlich kommt da was Neues ins Spiel.

-Heute hast du aber wirklich schlechte Laune!

-Du kannst dann nicht mehr drauflos leben.

-Eben hast du mir noch erklärt, das willst du auch gar nicht.

-Schon, sagte Heiner, aber das Gegenteil ist noch schwerer, nämlich stillstehen und nur noch den Augenblick leben.

-Muss man eben lernen.

-Es ist, sagte Heiner, als wenn du für eine Reise nur Sommersachen eingepackt hast, aber plötzlich begreifst, dass morgen der Herbst beginnt.

-Da heißt es umpacken, sagte Karin.

-Und wenn es der letzte Herbst ist?

-Kann man nicht wissen.

-Und das ist ja noch nicht alles. Dann kommt nämlich auch noch der Winter hinterher!

-Also – was tun?

-Anhalten. Einfach stehen bleiben. Das Hupen hinter sich ertragen.

Er ging nach draußen, um den restlichen Einkauf aus dem Auto zu holen. Natürlich reichten Worte nicht, um die Sache verständlich zu machen. Das Gefühl in ihm war stärker. Aber er konnte es nicht ausdrücken.

Da war beispielsweise diese Lähmung, die auftrat, sobald ihn die Wahrheit einholte, dass er tatsächlich immer älter wurde und allzu bald diesen lebenden Leichen glich, die er überall sah, hinfällige, apathische Wesen mit riechenden Körpern. Das war keine vorübergehende Schwäche, es war sein Schicksal! Wie konnte man sich darauf einstellen! Sicher, noch ging er voran, aber er würde schließlich auf der Stelle treten, dann weggetragen werden. Dann war da nichts mehr. Das war das Leben, ganz ohne Metaphern.

Heiner schüttelte sich. Plötzlich begriff er, was anders geworden war. Sein neuer Gang machte ihn ab sofort zu einer völlig anderen Person.

Er ging immer zwei Schritte, dann machte er einen Schritt rückwärts. Zwei vor, einen zurück. Er konnte es nicht abstellen. Zwei vor, einen zurück. So wurde er langsamer.

Karin stand jetzt im Hauseingang und deutete auf den Teich.

-Er wächst zu!, rief sie.

-Ja, entgegnete Heiner, er vergreist.

-Du bewegst dich so komisch, Heiner!

Er blieb erschrocken stehen, das Hupen hinter sich ertrug er, die Papiertüte mit dem Joghurt entglitt seinen Händen. Die Joghurtbecher klatschten, einer nach dem anderen, auf die frisch verlegten Terracottafliesen und platzten auf. Weißer und schaumig-gelber Inhalt ergoss sich über den schwarzen Gartenweg.

-Was ist nun, Heiner!

-Warte einen Moment, ich komme bald, rief er. Es dauert nicht mehr lange.

-Und die Joghurts?, rief Karin zurück.

-Mache ich irgendwann sauber, sagte er. Später.

FRAUEN ZU TREFFEN

Frauen zu treffen, mit denen man früher eine Liebesbeziehung hatte, ist befremdlich. Für die betroffenen Frauen sicher auch. Neulich traf ich nach zwanzig Jahren eine Strichkünstlerin, die mich damals heftig umworben hatte.

-Sie musterte mich von oben bis unten und stieß hervor: Ich bin geschockt!

Was sie damit genau meinte – den Stress der Wiederbegegnung, ihre eigene unglückliche Erinnerung oder mein gealtertes Aussehen – das weiß ich nicht. Ich wollte auch nicht nachfragen. Da ich wusste, dass ich nicht wie ein Homunculus aussehe, machte ich auf dem Absatz kehrt und ging weiter.

Dass diese Frau natürlich auch zwanzig Jahre älter geworden war, steckte in ihrem Ausruf jedenfalls nicht. Sie warf dies nur mir vor. Vor ihrem geistigen Auge wird die Enttäuschung darüber erschienen sein, dass sie Leben und Jugend nicht hatte aufhalten können. Und sie machte mich dafür verantwortlich.

So steckt jeder von uns in seinem Leben fest. Ein Gefühl der Gemeinsamkeit gibt es nicht. Und wenn man noch auf dem Weg nach Oben ist, was bei der Strichkünstlerin der Fall war, dann bemüht man sich doppelt um Abgrenzung. So steht man, weithin umso sichtbarer in seiner Bedeutung, allein da. Etwas anderes wäre es, sich milde lächelnd in die Arme zu sinken. Den Schmerz über den Verlust der fraglichen zwanzig Jahre miteinander zu teilen. Sich zu versichern, dass man am gemeinsamen Leben teilnimmt. Jeder für sich, aber gemeinsam.

Vielleicht lag es daran, dass die Begegnung mit der Strichkünstlerin auf der öffentlichen Versammlung von Egozentrikern stattfand. Ungefähr einhundert Egozentriker hatten sich in einem Sendesaal versammelt. Senden und empfangen war also nicht nur die Aufgabe, zu der jeder etwas beizutragen hatte, sondern dies entsprach auch seiner inneren Berufung. Darstellung von Einzigartigkeit. Prämierung zum Markenartikel. Ein Wettbewerb von geistigen Zuchtbullen und Milchkühen, es winkten versilberte Pokale.

Ich war mittendrin, ich war einer von ihnen, und ich fühlte mich wohl dabei. Das muss ich zugeben. Hin und wieder brauche ich das, heraustreten aus der Isolation und Bedeutungslosigkeit, man wird über Mikrofon aufgerufen und die Scheinwerfer beginnen zu strahlen. Da entschlüpft einem schon mal ein Ausruf wie bei der Strichkünstlerin. Alles verständlich.

Aber ich war echt geschockt! Am besten, man trifft keine Frauen mehr, mit denen man früher eine Liebesbeziehung hatte. Die gegenwärtige genügt doch vollkommen.

EIN GESPRÄCH IN ZEITEN DER KRISE

-Das macht mich fassungslos, sage ich.

-Ja, und mich vielleicht nicht?

-Das kann ich nicht wissen.

-Mich macht das mindestens so fassungslos wie dich, darauf kannst du wetten.

-Gut und schön, und was fangen wir nun damit an?

-Damit fangen wir gar nichts an! Wir können nichts tun, oder willst du das etwa leugnen!

-Nein, das will ich keineswegs leugnen, aber abfinden will ich mich damit auch nicht.

-Du bist schlau! Schlag doch was vor!

-Wir sollten einfach die Klappe halten, schlage ich vor.

-Das geht gegen mich! Ich wusste es von Anfang an, das geht immer gegen mich! Ich bin also Schuld an irgendwas!

-Wir könnten innehalten und nachdenken, sage ich, das können wir zumindest!

-Hammer! sagt er, ich soll also nachdenken? Das heißt ja wohl, ich habe bisher nicht nachgedacht, oder was!

-Kann ich nicht wissen, sage ich, aber das gilt jetzt für uns beide, ja, eigentlich für alle. Nachdenken! Aus der Situation lernen!

-Du gibst mir die Schuld, sagt er, das macht mich echt fertig.

-Aber nein! Ich schreie jetzt beinahe, dämpfe dann wieder die Stimme. Ich suche keinen Schuldigen.

———

-Dann schrei nicht so, sagt er, die anderen müssen das nicht hören, sie lauern ja schon draußen.

-Niemand lauert, sage ich, alle sind mit sich selbst beschäftigt, mit der Situation.

-Das glaubst du doch selbst nicht, sagt er. Sie machen doch alle weiter, als wär nichts!

-Mich jedenfalls macht das alles fassungslos, sage ich.

-Ja, und mich vielleicht nicht?

AN DER GRENZE

-Diese Krankheit könnte unsere Gesellschaft vielleicht heilen, rufe ich.

-Absurder Gedanke, schreit mein Bruder.

-Aber nur dann, rufe ich, wenn wir nachdenken und noch mal ganz neu anfangen.

-Zurück auf die Bäume, oder wie!

-Das Trennende überwinden. Nicht mehr so weitermachen wie bisher – jeder gegen jeden.

-Träum weiter!, schreit mein Bruder.

-Wenn nicht, dann übernehmen die Pfleger das Kommando!

-Drehst du jetzt durch? Wer sind denn die Pfleger!?

-Das sind alle, die dann die Regeln aufstellen. Und wir sind nur noch die maroden Patienten. Wir haben das Regelwerk zu befolgen.

-Dafür findet sich doch keiner mehr. Wir sind ja alle Patienten.

-Ich sehe sie vor mir! Sie nutzen die Gunst der Stunde. Haben sie sich nicht lange genug auf diesen Moment vorbereitet? Sie sind ja da! Jetzt setzen sie sich in Bewegung!

-Du neigst zu Verschwörungstheorien, das wusste ich schon immer!

-Ich habe nur abgespeichert, was ich in der letzten Zeit gehört habe. Sie horten ihre Bestecke und Geräte, ihre Waffen. Sie ziehen die Schutzkleidung über, setzen die Atemmasken auf und schnallen uns auf den Krankenbetten fest. Dann beginnt das große Experiment.

-In welchen Krankenzimmern denn? Wir sind doch alle in Freiheit!

-Noch, rufe ich, aber das ändert sich gerade! Ich habe Beweise aus der Vergangenheit, wie lautlos das geht.

-Mein Bruder, um die Maschinen zu übertönen, schreit: Vielleicht ist es besser so!

-Schalte doch mal diese dämlichen Ventilatoren aus!

-Das geht jetzt nicht mehr, schreit er, wenn die Ventilatoren aus sind, dann kommen sie doch alle rein!

-Wir können sie nicht auf Dauer von uns fernhalten, das musst du doch begreifen!

-Nicht alle, aber die Ansteckenden auf jeden Fall, die Virulenten! Und darauf kommt es jetzt an.

-Du gehörst längst zu ihnen, resigniere ich. Das begreife ich nun. Du setzt jetzt die Regeln fest, was!

-Füge dich einfach, sagt er und korrigiert die Ausrichtung der Maschinen. Jetzt geht es darum, die Anordnungen zu befolgen und die Gesetze einzuhalten! Widerstand ist ab jetzt zwecklos!

-Ich hatte recht, sage ich.

-Na und, schreit er, wen interessiert das!

KEIN GEGENÜBER

In diesen Zeiten vermisste er am meisten das Untertauchen. Mit der Menge verschmelzen. Nicht mehr allein verantwortlich sein und zur Rede gestellt zu werden. In diesen schweren Zeiten stand jeder nackt und bloß da. Sichtbar für alle, verantwortlich für jede Geste, jedes Wort. In diesen schweren Zeiten blieben die meisten zu Hause. Das tat weh. Um das Wahrgenommenwerden zu vermeiden, schlossen sie die Türen ab, verdunkelten die Fenster.

In diesen schweren Zeiten, zeigte sich, wer man wirklich war.

Aber schließlich beschloss er, die Regeln zu durchbrechen. Er packte seine Sachen zusammen, das Handy, sein Buch, Zigaretten, eine Flasche und ging hinaus.

Die Stadt war nicht mehr wiederzuerkennen.

Ausgeräumt bis auf Weniges und Wenige. Keine Gleichgesinnten weit und breit. Untertauchen unmöglich. Er zog also seine Bahn.

Am nächsten Halt, dort wo sonst die Straßenbahnen Berge von Menschen transportiert hatten, kläffte ein einsamer Hund. Keine Spur von Herrchen oder Frauchen. Er scheuchte das wütende Tier fort. Als er sich umblickte, sich schon schüttelte vor der Kälte der leeren Plätze, kam er sich wie ein Wrack vor, gestrandet an den Riffen der Gemeinschaft, die es aufgegeben hatte, die Brandung zu zähmen. Hatten er und seine Leute nicht genau das gewollt? Und gepredigt, mit dem Ton des Messias, ohne an den Messias zu denken?

Er hätte sich nun im Kreis drehen können, wie ein menschliches Periskop, das Freund und Feind in der Nähe ortet, aber das wäre absurd gewesen, denn für den, der ihn beobachtete, hätte das keinen Sinn ergeben. Man hätte ihn vielleicht gestellt und mitgenommen. Die Behörden waren wachsam.

Untertauchen kannst du dir abschminken, dachte er. Wo sind alle die Kampfgenossen, die mich sonst umgaben? Er blickte auf sein Handy. Funkstille. Alle waren versunken im Meer der Funkwellen. Alles schäumte und gurgelte, aber ohne den Willen, etwas mitzuteilen. Alles vermied Geräusche, gab diese aber im tosenden Schweigen ab.

Er setzte sich einfach auf eine Bank und wartete. Sein Buch tröstete ihn nicht. Er steckte sich eine Zigarette an. Sie schmeckte ihm nicht. Er warf sie fort, wie eine Handgranate. Er spürte die Flasche und vergaß sie im gleichen Moment.

Nach einer Weile, in der nichts geschehen war, weil der Platz vor ihm leer blieb und es in seinem Inneren auch leer geblieben war, hörte er Musik. Es war ihm egal, woher sie kam, sie lag einfach in der Luft. Er hörte zu. Weiche, melodische Klänge. Er mochte das nicht, er war gewöhnt an die krachenden Gesänge und Aufmärsche, an die Botschaften hinter den Tönen. Er musste aufstehen, damit ihm nicht übel wurde. Solche Musik brauchen wir nicht, dachte er, das führt zu keinem Ergebnis. Solche Musik verstärkt höchstens die Wehmütigkeit.

Aber wie er sich nun gehen ließ, in völliger Richtungslosigkeit, stieg die Lust in ihm auf, sich einfach aufzulösen, einfach nicht mehr da zu sein. Er zog die Schultern hoch, schützte seinen Kopf und schloss die Augen. Nach einer Weile hörte er wieder diese Musik wie ein lästiges Insekt, das nicht von ihm lassen wollte. Wohin, dachte er, wohin mit mir. Der Platz ringsum noch immer leer. Eine Betonwüste ohne Menschen. So, als hätten sie schon den Zustand erreicht, den seine Kampfgenossen immer als den Triumph nach dem Sieg beschrieben hatten. Jetzt fehlten nur noch die Kameraden.

Aber sie kamen nicht.

Er stand auf und ging los. Es gab nur kein Ziel. Die Musik verwehte hinter ihm, fast bedauerte er das jetzt, denn sie war der einzige Anhaltspunkt von menschlicher Gegenwart gewesen. Mit diesem Bedauern ging er immer weiter. Und in der Nacht, nachdem er alles gesehen hatte, was nicht mehr da war, kehrte er in seine Wohnung zurück.

Es war dunkel, aber die Luft noch warm. Er öffnete die Fenster und trat auf den Balkon. In der Stadt entstand offenbar etwas Neues, er hörte die Musik wieder. Sie war nicht zu überhören. Sie sollte wohl für alle da sein.

Wem, dachte er, soll das gefallen!

EIN UNSICHTBARER GEGNER

-Heute Abend gehen wir aus, sage ich, ich muss mal weg. Das tägliche Einerlei, immer reißen wir uns zusammen, weil man sich jetzt keinen Fehltritt mehr erlauben kann, das strengt mich an.

-Das strengt dich an, echot meine Frau, was meinst du, was mich alles anstrengt, da würdest du doch längst zusammenbrechen.

-Mag sein, erwidere ich, deshalb tue ich es ja auch gar nicht erst.

-Und ich soll das alles managen, sagt sie jetzt schon wütend, ich bin ja stark genug!

-Du könntest mindestens die Hälfte liegen lassen, sage ich, aber du reißt ja alles an dich.

-Und wer soll es sonst tun, wenn nicht ich? Auf dich kann ich ja nicht zählen! Jetzt in dieser Lage schon gar nicht!

Zur Zeit sind alle gereizt. Es liegt in der Luft, alle spüren es, und alle beginnen, die Verteidigungsposition auszubauen. Man bringt sich gegen diesen unsichtbaren Gegner in Stellung. Den sieht keiner, und keiner hört ihn. Aber jeder spürt, er marschiert heran, er ist schon ganz in der Nähe, dann steht er direkt hinter uns. Und er spielt uns jetzt schon übel mit.

-Ein Tango im geschlitzten Kleid, sage ich, wäre das nicht was?

-Und mit Mund-Nase-Masken, erwidert sie.

In diesen Zeiten steckt in jeder Stimme ein böser Unterton. Man erwartet, dass der andere etwas im

Schilde führt. Das hatte sich angekündigt. Und jetzt ist es da.

Meine Frau steht am Fenster.

-Tanzlokale, sagt sie, fast klingt ihre Stimme träumerisch und ich schöpfe Hoffnung.

-Musik, sagt sie, Getränke, Lachen!

-Ganz genau, fahre ich fort. Und wir schweben über die Tanzfläche. Wir bestellen uns bei den Musikern einen Tango.

-Das wahre Leben!, ruft sie aus.

-Noch nicht ganz das wahre Leben, sage ich. Aber ein Anfang. Das könnten wir doch tun! Anschließend ein Coq au Vin mit Burgunder oder Rindermedaillons von diesem Bio ... von diesem Bio ...

-Der Biohof ist pleite, sagt sie. Das Zeug kauft keiner mehr. Sie rollen doch in der Krise alle zurück auf Konventionelles, auf billiges Essen mit Geschmack, aber ohne Substanz. Mit Mengenrabatt, solange noch nicht alles ausverkauft ist.

Ich bin versucht, die Brandyflasche aus dem Regal zu nehmen, wenn wir hier schon festsitzen, dann besser mit einem Rausch. Aber ich unterlasse es. Es ist keine Lösung. Also, was tun! Liebe? Sex? Wäre im Angebot, durchaus. Aber dazu muss man in Stimmung sein.

-Ach, endlich, sagt meine Frau. Sie räkelt sich in ihrem Lieblingssessel und starrt die Kunststoffblumen in den Vasen auf dem Tisch an. Zumindest das haben wir, Ruhe! Stressfreie Zone!

-Lass uns ausgehen, sage ich. Wir könnten es zumindest versuchen!

———

-Na gut, sagt sie. Aber du musst vorher im Internet nachsehen. Wo überhaupt noch auf ist.

-Und dann brechen wir aus!, rufe ich gegen die Wände. Wir scheren uns einen Dreck um die Anordnungen dieser Gesundheitspolizei!

Ich gehe hinüber zum Arbeitsplatz. Ich schalte den Computer ein. Es dauert länger als sonst, bis sich das Programm aufgebaut hat, aber dann ist es stabil.

-So, mal sehen, sage ich. Ich setze mich in Position und bediene die Maus. Wohin ich auch klicke, Warnhinweise. Die Portale scheinen überall gefährdet zu sein. Piepstöne. Die Accounts sind teilweise gelöscht. Ganze Adressen bleiben weiß. Dann erreiche ich die Website der regionalen Gastronomie. Überall nur Bedauern. Sie haben sich verabschiedet. Vier Wochen lang, vielleicht für immer. Stillstand.

Meine Frau blickt mich hoffnungsvoll an.

-Und, fragt sie, was ist?

-Wir kommen nirgendwo mehr hin, sage ich. Alles ist inzwischen zusammengebrochen.

-So ist es also, sagt sie, wenn man sich einen Virus eingefangen hat.

-Stillstand des Systems, sage ich.

-Vielleicht kann diese verdammte Krankheit uns alle endlich heilen, sagt sie. Oder die Pfleger nutzen die Stunde und übernehmen die Macht.

-Ich will gar nicht wissen, wie du das meinst, sage ich.

-Und nun? Du bist doch immer der Aktivist gewesen. Lass dir was einfallen.

-Liebe, Sex, Brandy, sage ich. Das bleibt uns, immerhin.

-In welcher Reihefolge, will sie wissen.

-Das sehe ich ganzheitlich, erwidere ich.

Ich schenke zwei Gläser ein und gehe zu ihr hinüber.

DIE AURA

Ich lag nachts in meinem Bett und plötzlich spürte ich, dass noch etwas anderes im Zimmer war. Es kam mit einem schwachen Licht daher, zeigte sich zuerst unter dem Schrank, dann tauchte es darunter hervor und schob sich in den ganzen Raum. Es hatte mit all den Gestalten zu tun, die ich in den Stunden zuvor bekämpft hatte. Jetzt nahm es eine einzige Gestalt an.

Und es verströmte einen Geruch wie Äpfel, in denen die Sonnenstrahlen eines noch nicht beendeten Sommers sich gesammelt hatten. Ich wollte mich aufrichten, hatte aber nicht die Kraft dazu. Also lauschte ich nur – einem Gewisper, ganz dünn, wie unterdrückt, als müssten die zarten Stimmen sich erst noch ein Lebensrecht verschaffen.

Ich blickte zu den weißen Vorhängen hinüber. Dort wurde es heller, aber die Nacht war ja noch nicht vorbei. Im Hof schien etwas vorzugehen, wie in so mancher Nacht, wenn niemand wirklich schlafen konnte. Am Anfang hatte ich das für bedrohlich gehalten, vor allem dann, wenn ich, aus der Stadt kommend, allein auf dem großen Anwesen war. Dann hatte ich bis spät in die Nacht Kammermusik gehört, meistens nur ein Stück, eine mehrsätzige russische Weise, die so befremdlich klang, dass sie das Befremdliche dieses einsamen Anwesens, umgeben von raunender Natur, in sich umwandelte und bannte.

Lange schon hatte der Verstand eingesetzt, und ich konnte mir alles erklären, was um mich herum vorging. Es wiederholte sich, die Geräusche, die Lichter, die Stimmungen, der ewige Hauch des Vergangenen im alten Gebälk des Hauses.

Es war immer gesichtslos gewesen, stand einfach da, so wie jetzt wieder. Nicht jeder konnte das wahrnehmen, aber ich wartete auf das Erscheinen der Aura, sie war mir längst vertraut. Und ich kämpfte jedes Mal, um es zu ertragen.

Die Dinge, die geschahen, waren mir also durchaus vertraut, sie sprachen ja nur zu mir, und ein bisschen unheimlich war es schon, dass sie die ganze Zeit meiner Abwesenheit über auf mich gewartet hatten. Jedes Mal bei meinem Eintreten trafen wir aufeinander.

Auch diesmal war es so gewesen. Und jetzt, wo ich in der Nacht hilflos im Bett lag, überfiel mich im Aufleuchten der weißen Vorhänge, die den Blick auf den Hof versperrten, die wahre Erkenntnis meines Lebens.

Es war alles zu wenig gewesen. Es hatte nicht ausgereicht.

Das war es, was mir das große Schweigen im Raum sagen wollte. Du kannst dich in deinem Leben mit der Sicherheit einrichten, dass du genügend versucht hast. Aber dass du nun ans Ende deiner Bemühungen gekommen bist, heißt nicht, dass es etwas wert ist.

Das Leben ist doch ein Risiko, wollte ich aufbegehren, und jede Wahrheit ist doch ein subjektiver Wert an sich. Aber es reicht nicht aus, sagte mir die Aura hinter dem Fenster. Du hast alles umsonst versucht.

Die starke Kraft, die mich belehren wollte, hielt unvermindert an. Vielleicht hatte es jetzt tatsächlich mit diesen elektrischen Strömen zu tun, die ich seit einiger Zeit bekämpfte. Mit einer Anlage im Zimmer, die atemlose Signale aussendete. Etwas, das dazu führte, dass man in diesem Raum weder schlafen konnte noch wach lag. Man schwebte auf Funkwellen, wie getragen von Händen durch die Nacht.

Und dann war es soweit, dass sich plötzlich das gesichtslose Gesicht im Zimmer zurückzog, es verlöschte allmählich. Dunkelheit kehrte zurück.

Ich war dankbar dafür, allein zurückgelassen zu werden, um über das Verdikt nachzudenken, das ab jetzt über mir hing. Ich wusste, am Morgen würde es ganz verschwunden sein und schon jetzt verblasste es. Weil es aber anwesend war, konnte ich es nicht leugnen. Es würde mein Denken und Empfinden prägen und mein Verhältnis zu den Anderen. Vor allem das zu meiner Frau. Wir waren bisher durchaus ein glückliches Paar gewesen.

Ich reckte die Arme, öffnete und schloss die Hände, wie ich es jeden Morgen tat, und meine Erregung verebbte. Die Erscheinung war vorbei.

Ich blieb allein mit der Erkenntnis, dass nichts das Erschrecken mindern kann, wenn man alles über sich und sein Leben zu wissen glaubt, aber ...

Ich wollte den Satz nicht zu Ende denken, das Verdikt nicht wiederholen. Der Gedanke erleichterte mich, dass es doch Anerkennung finden musste, wenn man sich, ohne nachzulassen, bemüht hatte. Zunehmend beruhigt sagte ich mir, dass mehr gar nicht möglich war.

Die nächste Nacht kam ...

FERIENSPASS

-Erfasst Sie die Strömung, dann schwimmen Sie nicht dagegen an, liest sie vor.

-Sondern?, fragt er.

-Dann lassen Sie sich mit der Strömung treiben, bis sie an Land sind.

-Seltsame Strömung, die nicht hinaus aufs Meer führt, sagt er. Naja, für die paar Tage, die wir hier sind, dürfte das unser geringstes Problem sein.

-Warum?, fragt sie, ohne von der Lektüre ihres Ferienprospektes aufzublicken.

-Um unser Haus, sagt er, tobt der Herbststurm, und es regnet Bindfäden.

-Kein Badewetter, oder, erwidert Elena.

-Eben, antwortet Kurt.

-Gehen wir ans Meer?, will sie gleich darauf wissen.

Er blickt in den Garten. Dort stehen die abgeblühten Hortensien wie eine Versammlung erschöpfter Wesen und recken ihre sandfarbenen Köpfe in Richtung der vermuteten Sonne.

Und schon bereitet sie sich vor, und sie treten vor das Ferienhaus. Ihre Schuhe sind vermutlich unpassend, aber da es gerade in diesem Augenblick zu regnen aufgehört hat und sich die Wolken lichten, schreiten sie aus. Am Strand hat die Ebbe breite Sandbänke freigelegt. Nach einer Weile versperrt ihnen ein tiefer, fließender Priel das Weitergehen und sie bemerken, dass sie auch nicht mehr zurückkönnen. Aus irgendeinem gemeinen Grund machen ihnen die Gezeiten Ärger, obwohl sie nur die harmlosen Eine-Woche-Urlauber sind. Ihre Füße werden nass, als sie mit eingeknickten Knien zurückhüpfen wie Störche. Aber Elena bleibt merkwürdig gelassen, und kein Wort des Vorwurfs kommt über ihre Lippen. Vielleicht liegt das daran, dass der Schock noch tief sitzt. Sie hat am Vormittag ja auf eine so drastische Art und Weise versagt, dass sie jetzt schweigt. Und als Kurt über den Vorfall nachdenkt, freut er sich darüber, denn dass sich dieser ereignete, verschafft ihm jetzt einen ungewohnten Freiraum.

Sie finden auf Umwegen zurück. Der Himmel ist atemberaubend weit und tief, die Farben matt, nur gelber Sand, blassblauer Himmel und graues Meer. Und einige wenige, in der Ferne halb verschwimmende menschliche Umrisse, die zu Wanderern gehören. Es riecht nicht nach Meer. Aber das Meer ist da, und sie starren hinaus. Dann sind sie schon wieder in den Dünen, auf dem Weg in den Ort.

-Und Elena sagt: Was machen wir jetzt? Ihre Stimme ist zögernd und zerfließend, wie in Eidotter eingelegt, sie überlässt ihm die Verantwortung.

Am Vormittag nach dem Einkauf auf dem Markt in der Kreisstadt war sie wie immer mit schnellen Schritten vorausgegangen. Als er um die Ecke bog, stand sie schon am geöffneten Auto. Sie ruderte unkontrolliert mit den Armen. Er verstand nicht, wurde von Unruhe ergriffen. Er wollte zu ihr, hatte aber den Schirm gegen sich, den der übermächtige Wind von der Küste her heftig aufblähte. Er kämpfte sich die letzten Meter heran. Sie sagte nicht nur kein Wort, sondern schwieg abgrundtief. Beim Blick in das Auto musste er sich eingestehen, dass er überrascht war. Er sah, dass über den ganzen hinteren Innenraum verteilt aufgeschlagene, rohe Hühnereier klebten. Viele auf der Rückbank, etliche auf dem Boden, eins lief langsam am linken, hinteren Seitenfenster hinunter. Gelber, gestaltloser Dotter in farbloser, sich unaufhaltsam verteilender Masse.

Er versuchte, den Schirm zu schließen, um ihn endlich im Wageninneren abzulegen. Das gelang ihm nicht. Der Wind blähte den Schirm immer wieder auf. Elena stieß jetzt eine Art Winseln aus. Er warf den Parkzettel auf die Rückbank, um freie Hand zu bekommen. Der Zettel wehte umgehend hinaus und davon.

-Mein Gott, sagte er, was ist hier nur los.

-Ich wollte doch nur, sagte sie, ihre Stimme erlosch. Sie machte eine hilflose Geste, die den schwungvollen Weg der Einkaufstüte über die hohen Nackenstützen hinweg, in Richtung Rückbank verdeutlichen sollte. Er kämpfte weiter mit dem Schirm. Im Innenraum des Autos herrschte starker Wind. Der Schirm ließ sich jetzt weder schließen noch irgendwie bewegen, seine Speichen mit den Kunststoffspitzen verhakten sich im groben Stoff der Sitze, der Schirm gab unwillige Geräusche von sich.

-Einsteigen!, rief Kurt. Türen schließen!

-Saubermachen, erst saubermachen, rief sie.

Die Parkzeit lief in dieser Minute ab.

Sie waren am Vormittag ins Ferienhaus zurückgefahren und hatten auf dem Kiesweg des Vorgartens das Wageninnere gereinigt.

Jetzt nahm er Elenas Frage auf.

-Ja, was machen wir?

Auch die mitgereiste Katze zeigte sich an einer Antwort interessiert. Als er im Wohnzimmer auf dem Sofa Platz nahm, ließ sie sich polternd gegen ihn fallen und sah mit dunklen Pupillen erwartungsfroh zu ihm auf. Er sagte zu Elena, dass man Ferien genießen muss, denn sie gehen so schnell vorbei. Da kann man, ergänzte sie, schon von der Küchenzeile her, machen, was man will, vor allem darf man nicht versuchen, die Zeit festzuhalten. Er freute sich über die Übereinstimmung. Bald duftete es nach gedünstetem Gemüse.

-Weißt du, sagte sie, ich wollte wirklich nur die Einkaufstüte auf die Rückbank werfen. Dass Eier sich so selbständig machen ...

Draußen glitten ganze Familien, viele mit Tieren – auch Ponys waren dabei – auf ausgedehnten Spaziergängen in Richtung des Naturschutzgebietes vorbei. In Höhe ihres schmucken Ferienhauses wendeten alle den Kopf und schauten in ihre Richtung, eine Art Defilee zu lautloser Marschmusik. Dann brach das vergoldete Licht durch die Baumreihen.

Wenn hier am Meer, dachte Kurt, die Sonne versinkt, ist es, als hebe ein Dirigent den Stab, und dann bricht das ganze Klangvolumen los.

Elena gab Fisch zum Gemüse.

-Wir machen einfach so weiter, sagte er.

Die Katze war einverstanden, sie sagte: wo ihr doch

alles so schön sauber geputzt habt, und begann, sich die Handballen zu lecken.

Elena schwieg, Geschirr und Küchengeräte sprachen laut genug.

Schon bald würde auch dieser Tag vorbei sein.

-Endlich Ferien, seufzte er.

DER AUFSCHUB

Unterwegs spürten sie, wie ihr Alltag verschwand. Es dauerte eine Weile, zwei Tage, in denen sie argwöhnisch blieben, aber plötzlich verloren sie die Angst, dass ihnen etwas passieren könnte. Erst dann schloss er gewissermaßen die Türen seines Büros, sie verabschiedete ihre Seminarteilnehmer. Sie blickten auf eine Flusslandschaft, eine fremde Welt im Sonnenlicht, und hinter ihnen versank das, was sie bisher für ihr Leben gehalten hatten. Einen Augenblick hoffte er, für immer. Sie lehnte ihren Kopf zurück, schaute. Sie schwiegen. Es war beim Anblick von Vögeln, die über Sandbänke, dann über glitzernde Wasserläufe flogen.

-Ich will nicht grau werden, sagte sie und griff mit beiden Händen in ihr Haar.

-Er sagte, was macht das schon, du siehst so gut aus. Er steuerte das Auto mit einer Hand, sie gewöhnte sich allmählich daran, der Verkehr war dicht, bei Regen ging es langsam.

-Kennst du den, fing er an, ein Mann kommt in ein Dorf ...

-Schau nach vorn, bat sie, der Verkehr nimmt zu. Er tat es und schwieg.

Die kleine Reise führte durch Landschaften, die ihnen nichts zeigen wollten, die auf nichts zu warten schienen. Sie waren einfach da. Weite Blicke, tiefe Wälder, verträumte Winkel, dann wieder bewegte Marktplätze in Dörfern, die an der Route lagen, blumengeschmückte Ortschaften.

Einmal sprachen sie darüber, wie ernüchternd es war, nicht im Mittelpunkt zu stehen. Wie erleichternd auch. Etwas veränderte sich dadurch. Zwischen ihnen fiel etwas in sich zusammen, sie hörten es geradezu, aber sie hüteten sich davor, darüber zu sprechen. Es war kostbar.

Der Ort, den sie am Ende betraten, war voller Licht, aber auch voller strenger Gerüche. Ein graues Fischerdorf am Meer, sogar an der äußersten, westlichsten Spitze des Landes. Ein Vorposten gegen Sturm und Gewalten. Der Leuchtturm ragte so mächtig auf, als sei er für eine andere Zeit gebaut, für Verhältnisse, die früher einmal galten. Vor den Kais machte sich eine Bracke aus Schlick, Tang und Pfützen breit, die vom Wasser nicht mehr erreicht wurden. Die Gezeiten hatten den Ort aufgegeben, die Flut machte weit draußen Halt. Vor dem Ort drehten die Möwen ab.

Sie stand an der Kaimauer und wendete sich weg. Ihre Blicke verließen ihn, sie suchten den Himmel ab. Das kleine Haus, das sie angemietet hatten, lauerte auf sie. Hässlich geblümte Tapeten, in denen der Geruch hing, ein schäbiger, mit Kieselsteinen ausgelegter Hinterhof ohne das geringste Grün. Etwas holte sie ein, dass sie beide kannten, etwas war wieder einmal nicht gelungen. Es war wie ein Aufschub, aber sie begriffen nicht, worum es ging.

Nach einem Tag begannen sie, die Vorzüge des Ortes zu entdecken. Ihr Haus lag an einer verkehrsreichen Straße, auf der sie morgens schnell die schönsten Strände erreichten. Das Wetter blieb abwartend.

Wenn einmal die Sonne herauskam, hielten sie es im Haus nicht mehr aus. Aufflackernder Streit verstummte angesichts der Felsen, der Brandung, des Windes, des unendlich scheinenden Meeres. Die Landschaft dämpfte ihre Unzufriedenheit, die sich in den Jahren des Zusammenlebens angesammelt hatte, Enttäuschungen, Vorwürfe, Misstrauen. Irgendwann gab es diesen Punkt, an dem sie beide für sich beschlossen, es gut sein zu lassen.

Das Meer war kühl, das Wasser sauber. Sie wanderten an der Küste, dort wo es flach war, sie mieden die Orte, wo die Felsen jäh in die Brandung hinabstürzten. Überall war es auf eine behäbige Art schön, die Menschen freundlich, sie begriffen, wie viel Zeit da war, die Tage offen. Sie sahen sich Kirchen in der Umgebung an, schlichte Gotteshäuser aus grauem Granit in ländlicher Umgebung, mit großer Kraft gegen den Unglauben gebaut, nützliche Dämonen wachten an der Fassade. Sie spürten die Ehrlichkeit der Baumeister und der Gläubigen. Diese Gotteshäuser waren Wohnungen. Das Meer trat bis an die Außenmauern heran.

Zwei Wochen vergingen an Stränden, in versteckten, schönen Orten, das Wetter kam und ging. Sie kauften am Hafen Fisch aus den Trögen der Fangflotten, Schollen, Barben, Meerbrassen. Der Fisch, den sie am Abend mit viel Aufwand zubereiteten, war wie ein Nachweis, dass alles in Ordnung war, der Kreislauf war intakt, es stimmte, was man ihnen von der Küste erzählt hatte.

Dann leerte sich der Ort. Mit jedem Tag verschwanden Menschen, denen sie auf den Straßen begegnet waren, bis nur noch die Einheimischen übrig blieben, die am Morgen die Boulangerie betraten, um duftendes Brot zu kaufen, vorher tranken die Männer ein Glas. Der Ort wirkte jetzt größer. Ein Karussell wurde abgebaut. Der Name eines Restaurants tauchte nicht mehr auf. Schließlich war die Reihe an ihnen. Den Abschied vollzogen sie ohne Wehmut, mit Dingen beschäftigt, es musste aufgeräumt werden.

Die Hoffnung war da, auf ihr Zuhause, das schöner war. Auf der Rückreise über die Autobahn waren sie ausgefüllt mit Bildern, Eindrücken. Als die Küste endgültig hinter ihnen versunken war, begann sie, davon zu sprechen, wie schwierig alles werden würde. Überall stießen sie an ihre Grenzen. Es war kein Geld da. Manchmal schien es ihr, als könnte sie dem Druck nicht mehr standhalten.

Er beruhigte sie. Er tat es nicht, um ihr auszuweichen. Er wollte sie nicht trösten, denn er wusste, dass sie recht hatte. Aber seine Haltung war, dass man sich seiner Verzweiflung niemals überlassen dürfe. Er sagte es ihr. Er sagte, dass er nur Krankheit und Tod akzeptiere, nicht die Armut, nicht die Willkür der Menschen. Dass sie alles meistern könnten, wenn sie zusammenhielten.

Sie blickten sich in die Augen. Sie fragte ihn, ob er das wirklich meine. Er bestätigte es, er sagte, vor allem nach diesen schönen Tagen, nichts sollte umsonst gewesen sein.

Sie spürte seine Kraft, endlich einmal.

Er spürte, dass sie sich ihm überließ. Endlich einmal. Sie streckte ihm ihre Hand entgegen und er ergriff sie. Es war ein Moment von Innigkeit und Klarheit. Als er wieder durch die Windschutzscheibe blickte, sah er es. Den Stau. Aufbauten von Karosserien. Blech, das sein Blickfeld ausfüllte. Zu nahe, um zu bremsen. Er riss das Steuer herum, jetzt mit beiden Händen. Das Auto schlingerte und geriet auf den Seitenstreifen, er konnte es im letzten Moment unter Kontrolle bringen und ließ es am Stau vorbei ausrollen, bis es still stand. Es war gelungen. Er schaltete den Motor aus.

In der Nacht wachte er auf. Er blickte durch das schräge Deckenfenster in den Himmel. Ein weißer Finger tastete über dunkle Wolken. In der Luft lag ein Ton, der Veränderung ankündigte. Ein anschwellendes Brausen. So als ginge der nächtliche Riese, von dem die Einheimischen erzählten, über das Wasser. Er stellte sich die Küste vor, sie glich einer Geröllhalde. Schlick und Felsen, abgebröckelte Kaimauern, dümpelnde Boote in Pfützen, auf denen Mückenschwärme tanzten. Darüber ging die dunkle Gestalt hin.

Er konnte nicht wieder einschlafen, stand auf und trat unter das Fenster. Der Geruch nach brackigem Meer und verwesenden Algen stieg sofort in seine Nase. Er ersehnte den Sturm, das Salz, die reinigenden Wellen, Gischt bis an die Häuser. Am Morgen sollte er sehen, welches Unheil das alles angerichtet hatte.

Der Morgen war noch weit, vom Kirchturm im Hinterland ertönten drei Schläge. Er blickte auf seine Begleiterin, sie schlief, aber unruhig, bewegte sich, murmelte. Der nächste weiße Finger wischte etwas vom Dunklen aus dem Himmel heraus, danach schloss sich die Lücke wieder. Er musste sich auf die Zehenspitzen stellen. Der Leuchtturm stand als schwarzer Umriss gegen das zögernde Licht am Horizont. Ein Nachtvogel flog lautlos. Seine Frau sagte etwas im Schlaf, es klang wie ein Name. Die Häuser draußen bildeten Flächen, die Bewohner einschlossen. Er sah keinen Riesen, keine Sturmflut, es gab nur Menschen, überall, sie blieben unsichtbar, aber er wusste, sie waren da.

Am Morgen lag das Sonnenlicht auf den Gärten. Die Gärten waren gegen den Granit und die Witterung abgerungen. In einem Hinterhof saß eine ältere Frau im langen, schwarzen Kleid, ein weißer Haubenturm leuchtete auf ihrem Kopf, sie säuberte Muscheln. Der Geruch der Meeresfrüchte stieg bis zu ihnen herüber, dann merkten sie, dass er stärker war, eine Welle, in der Nacht musste etwas geschehen sein.

Kurze Zeit danach standen sie am Ufer. Die Flut hatte Boote mit sich gerissen und draußen gegen die vorgelagerten Felsriffe geschlagen. Überall waren Aufräumungsarbeiten im Gange. Das Meer leckte noch gegen die Kais. Es roch nach Salz und Sonne. An der Rampe im kleinen Hafen stand ein Mann und haderte mit dem Meer, die Reste seines Segelbootes hingen draußen als weiße Spanten an den Riffen.

Sie beschlossen, zu wandern. Ein Rucksack war schnell gepackt. Sie suchten sich eine Küste aus, die nicht steil war. Im sanften Bogen führte ein Weg über die Hügel, in der Ferne schimmerten Ansiedlungen. Sie setzten achtsam einen Fuß vor den anderen, Anhöhen hinauf und hinunter. Es gab nichts mehr außer dieser Bewegung, in der der ganze Körper zu spüren war, unten sprühte manchmal weiße Gischt, ein junges Paar rutschte neugierig über die Klippen, Vögel stoben kreischend auf. Als sie am Mittag hungrig wurden, erschien in ihrem Blickfeld ein kleines, rot angestrichenes Gasthaus in den Dünen. Sie aßen Crêpes an einem

Plastiktisch, über dem ein kleiner Lautsprecher hing, der in der Brise schaukelte, ein schwarzer Sänger mit rauer Stimme, der zwanzig Jahre zuvor gestorben war, sang traurige Lieder.

-Wir verstehen uns nicht, sagte sie plötzlich, ich habe das immer empfunden. Wir sind weit auseinander.

Er schwieg und aß, sie bewegte sich im Rhythmus. Hinter der Balustrade des Gasthauses schimmerte die Krone des Meeres, die Horizontlinie verschwamm immer mehr im Dunst von Wasser und Himmel. Der Wirt kam noch einmal, lachte und ging wieder. Neue Gäste betraten die Terrasse. Wind kam auf.

Auf dem Rückweg war der Wanderweg eingestürzt. Sie standen ratlos an der Stelle, es ging zurück oder über die Hügel. Sie gingen landeinwärts, jetzt war es beschwerlich, der Rucksack musste geschleppt werden, der Boden erwies sich als steinig und rutschig, kleine Kiesel glitten unter ihren Füßen weg. Von der nächsten, größeren Hafenstadt kam ein lang gezogener Ton herüber, dann schob sich ein Hügelkamm dazwischen, in Richtung auf das Landesinnere zu war nur noch Stille, ein fast tonloses Säuseln des Windes in Gräsern.

-Was fangen wir an, sagte sie, ist es das, was wir wollten? Haben wir das angestrebt? Ist das unser Leben?

-Wir könnten einfach hierbleiben, sagte er, aussteigen, eine Unterkunft finden wir schon. Ein gutes Essen am Abend.

-Das meine ich nicht, sagte sie. So billig ist es nicht. Wir haben keinen Plan. Es geht nur immer weiter.

Die letzten Hügel waren noch beschwerlicher. Einmal stolperte er und fiel zu Boden. Sie nahm ihm den Rucksack ab, er ließ es geschehen, obwohl er sich gleich darauf dafür schämte. Später nahm er den Rucksack wieder auf den Rücken. Zur Rechten tauchte plötzlich eine lang gezogene Bucht auf, an deren weißem Sandstrand sich überraschend viele Menschen tummelten, schwarze, krabbelnde Flecken. Kinder riefen, Hunde bellten. Flatternde Wimpel im Sonnenlicht. Ein Motorboot zog eine Kurve.

Das Bild wirkte auf sie ein. Sie spürten beide zur gleichen Zeit Erleichterung. Das Erreichbare war so nahe, und es war leicht zu erreichen.

Sie legten den letzten Kilometer zurück, fanden den Parkplatz, auf dem ihr Auto stand. Sie verstauten das Gepäck, wechselten die Schuhe, wischten sich mit einem Handtuch gegenseitig den Schweiß aus Gesicht und Nacken.

Im nächsten Ort an der Küste suchten sie sich ein Lokal. Sie saßen an einem kleinen Tisch aus Leichtmetall, hinter sich verwinkelte Gassen, vor sich der Bootshafen, in der Ferne die Küstenlinie mit einer vorgeschobenen Halbinsel, an deren Spitze, die bis in die Hafeneinfahrt hineinragte, schöne, alte Häuser standen. Eine Fähre glitt dahin. Der Meeresspiegel schimmerte. Sie bestellten Fisch und Wein und sahen zu, wie die Erdkugel sich schwerfällig von der Sonne wegdrehte.

KEMAL IM KNÜLL

Es war auf der letzten Gartenparty vor dem verordneten Ausgehverbot. Wir standen zu zwei Dutzend in der Nähe des Feuers, über dem sich am Spieß ein Hammel drehte. Der einzige, den ich nicht kannte, trat jetzt näher und hob sein Glas.

-Auf uns alle und ein Hoch auf unser Leben!

-Ich kannte den Spruch schon als Schlagerzeile und fragte den Neuankömmling: Und wenn ich nun Rechtspopulist bin?

-Er lachte sich halbtot, dann trank er einen Schluck, um nachzudenken. Ihr versteht, wenn man als Einziger fremd ist, will man gleich gut ankommen.

-Ist in Ordnung, sagte jemand.

-Wie heißt du denn?

-Er überlegte, das gab uns schon zu denken. Vielleicht Kemal, sagte er.

-Oha, erwiderte ein anderer, ein Herr mit Pseudonymen!

-Nein, nein, nicht missverstehen, sagte der neue Gast, ich heiße schon Kemal, aber früher trug ich einen anderen Namen, und ich muss immer überlegen, wie ich zu meiner Identität stehe.

Ich hätte eigentlich gern nachgefragt, was er mit dieser Bemerkung meinte, denn dahinter steckte doch ein Schicksal, aber ich verzichtete darauf und beobachtete den Mann, irgendwas an ihm kam mir seltsam vor. Ich überlegte. War es sein übertriebenes Sprechen, so als müsse er Bewunderung einsammeln, oder seine Klei-

dung, so als bewerbe er irgendwas, oder sein Gesichtsausdruck, so als glaubte er, die Anwesenden hätten
schon lange auf ihn gewartet. Ich kam zu keinem
Schluss, und die Gastgeberin löste die Spannung,
indem sie zum Hammelbraten bat. Ich finde ja auch,
beim Essen löst sich vieles, die Menschen nehmen
einen unschuldigen, hilflosen Ausdruck an, die Ver-
brechen fallen von ihnen ab. Kemal und ich standen
am Feuer nebeneinander.

-Ich sagte zu ihm, woher kommst du, Kemal?

-Und er antwortete, indem er die Finger der rechten
Hand zusammenlegte, um meine Aussprache zu kor-
rigieren. Ke – m a l! Ke – m a l, sagte er mit breitem
Mund. Die Betonung liegt auf der zweiten Silbe.

-Ja, schon, sagte ich, aber woher kommst du?

-Was meinst du?

-Wie, was meine ich womit?

-Was meinst du damit, sagte Kemal, wenn du sagst,
woher ich komme. Woher ich gerade komme, dann ist
die Antwort aus der Kreisstadt, mit dem Auto.

-Nein, natürlich nicht, sagte ich. Woher kommst du
landsmannschaftlich?

-Landsmannschaftlich?

-Was ist dein Heimatland!

-Hessen, sagte Kemal. Ich bin hier geboren. Dann
aufgewachsen. Dann für immer hier.

-Ja, so!, rief die Frau, die neben ihm stand, dann bist
du gar nicht im Irak geboren!

-Nein, sagte Kemal, nicht im Irak geboren, auch nicht
im Iran, nicht in Syrien oder Libanon.

-Sondern in Hessen?

-Ja, Schrecksbach. Ist im Schwalm-Eder-Kreis, mittendrin.

-Mittendrin wo?

-Im Rotkäppchenland

-Hahaha!, lachte ein Gast, und deutete erheitert auf Kemals schwarze Augen, sein schwarzes Haar und den schwarzen Bart. Hahaha!

-Es ist meine Heimat, sagte Kemal achselzuckend, auch wenn ich anders wirke, ich bin ein Hesse!

-Das erzähle mal einem Rechten!, lachte der Gast.

-Ich weiß, sagte Kemal, hier hasst man andere lieber, als sie zu mögen, aber ich bin einer von euch!

-Hessen hassen Hessen!, sagte jemand und nun lachten alle. Die Gastgeberin gab den Hammel am Spieß frei. Es dauerte Stunden, bis das ganze Tier, Stück für Stück, begleitet von verdünntem Anisschnaps aufgegessen war. Und wie köstlich war das!

Kemal blieb bis zum Schluss dabei und erzählte Märchen aus Tausendundeiner Nacht, die er früher mit Schulfreunden auf Wanderausflügen im Knüllgebirge am Lagerfeuer erzählt hatte, und alle hatten ihm gebannt zugehört. Geschichten vom Daumesdick, von Schneewittchen und dem Rotkäppchen und von Einem, der auszog, das Fürchten zu lernen. Das letzte war sein eigenes Märchen und das seiner Familie. Ausgezogen aus dem Land von Krieg und Verfolgung, in unser Land der Seuche. Jeder von den Zuhörern, begriff das sofort.

SIE BEUGTE SICH ZU MIR ...

... und küsste mich. Ihr Atem roch nach Minze, ihre Haut nach frischer Brise im Garten. Sie war Gärtnerin. Aber bei aller Begeisterung fraß der Garten sie nicht auf. Sie schwankte zwischen Topinambur und Psychiatrie. Das Leben war manchmal stärker.

Ich hatte sie kennengelernt, als sie eines Tages zu uns ins Haus kam und ein Päckchen Katzenfutter mitbrachte. Sie beugte sich zur Katze hinunter und hielt mir gleichzeitig das Futter unter die Nase.

-Das hier gib ihnen zu fressen, sagte sie, da ist alles drin. Nichts anderes geben.

-Ja, schon, sagte ich, aber wir wissen genau, was wir ihnen geben. Es sind ja unsere Katzen. Und wir füttern sie bereits seit Jahren.

-Nur das geben, sagte sie. Nichts anderes.

So verhielt sie sich immer. Sie wolle nicht recht haben, aber sie gab den Ton an, auch ohne es zu merken. Das war ihr Psychiatrie-Anteil. Der Topinambur-Anteil besagte, dass sie in der Schöpfung des Herrn aufging, soweit er sich auf das Gartenreich bezog. Sie liebte alles, was blühte und war deshalb natürlich vor allem im Frühling ansprechbar. Im Winter hüllte sie sich dagegen in Depressionen ein, aber da sie auch schrieb, gelangen ihr manche beachtliche Einblicke und Ausblicke in die Tiefen einer Seele zur Winterzeit.

Sie besuchte mich in der folgenden Zeit oft, es waren ja nur hundert Kilometer mit dem Auto. Und sie wusste alles. Aber weil sie mit schwierigen Krankheiten lebte, haderte sie natürlich auch mit allem – zuletzt auch mit sich.

Woher kam sie? In jedem Fall hatte sie sich ständig widersetzen müssen. Ihre herrische Mutter, die ihre Tochter nicht als Behinderung auf ihrem eigenen bürgerlichen Weg nach oben akzeptieren konnte, der flüchtige Vater, meist nur ein Schatten in der Bibliothek, gaben der Tochter keine Geborgenheit. Sie wuchs zwischen Kinderzimmer und freier Natur auf, eine Wildrose im Zuchtbeet, ein kleines Versteck in der Landschaft; früh war sie daran gewöhnt, für sich zu entscheiden. Wer ihr widersprach, den konnte sie nicht hören. Auf Angebote ging sie nicht ein. Umso intensiver waren dann ihre Annäherungen, wenn sie tief empfand, dass es allein nicht mehr weiterging.

Als sie mich küsste, hatten wir uns bereits mehrere Monate ineinander verstrickt. Ich kam nicht von ihr los. Immer wenn es schwer wurde, zog sie sich auf den Topinambur-Anteil zurück und wartete im Garten auf mich. So ging es einige Zeit lang gut.

MANN AM MORGEN

Sie fragt sich, wohin sie mit ihrer Fürsorge soll. Fürsorge ist eine wunderbare menschliche Eigenschaft. Wenn aber die Kinder aus dem Haus sind und keine Haustiere da, wohin dann mit der Bereitschaft zur Fürsorge. Der Ehemann ist dafür nur begrenzt aufnahmefähig. Er ist jemand, der sich im Leben durchgebissen hat, nicht gerade der Typ Familienheld, eher der Solo-Selbständige über den jetzt landesweit geredet wird. Dass er nämlich aufgefangen werden muss, dass man sich um ihn sorgen muss. Aber die vorgesehene Hilfe wären nur Geldscheine. Für den Anfang vielleicht nicht schlecht, aber alles kann das ja nicht sein. Ihre eigene Vorstellung von Fürsorge sieht anders aus.

Jedenfalls steht sie nun da. Im Moment auf der Straße. Sie wollte einkaufen gehen und sieht, dass alle Geschäfte geschlossen sind. Sie orientiert sich. Stimmt ja, wir sind in der Krise, jeder soll vom anderen Abstand halten, also ist einkaufen untersagt. Zur Bushaltestelle gehen hat auch keinen Sinn, es fährt nichts. In ihr steigt das Gefühl empor, sie stünde allein da. Angefüllt mit der Bereitschaft zur Fürsorge, aber niemand will sie, niemand braucht sie. Auch Dankbarkeit ist nicht mehr gefragt, einfach jemandem die Hand geben und „Danke" sagen. Das wäre so schön. Geht aber nicht. Und der Ehemann reagiert genervt. „Lass mich in Ruhe, ich komme schon zurecht!"

So kann es nicht weitergehen.

Im Moment ist es ihr unangenehm, dass die Sonne

so herunterbrennt. Das Pflaster ist aufgeheizt. Alles er-
rötet. Gestern Abend war selbst der Vollmond rot. Ein
Blutmond, passend zur Krise. Die Götter senden uns
eindeutige Signale, dass etwas zu Ende geht. Bei früheren Völkern, denkt sie, wäre jetzt ein Blutopfer angesagt, denn jemand hat gefrevelt und den Göttern
reicht es. Aber unsere Zeiten sind aufgeklärt, wir
geben niemandem die Schuld, wenn wir auch tief im
Schlamassel sind, den wir nicht bewältigen können.

Als sie auf der Brücke über den ausgetrockneten
Fluss schon dieses Bild des Malers vor Augen hat, wie
der rote Himmel sich zu einem gurgelnden Wirbel zu-
sammenzieht, mit diesem furchtbaren Auge in der
Mitte, wie bei einem Wirbelsturm, fällt ihr ein, wie der
Mann am Morgen seine Hose auf den Bügel gehängt
hat. Sie konnte kaum zusehen. Stundenlang hat das
gedauert. Und am Ende war die Hose auf dem Bügel
immer noch zerknittert. Aber sie hat sich zurückgehal-
ten. Er glaubt ja, zurechtzukommen. Obwohl sie es
besser weiß.

Auf der Straße ist es noch immer ruhig. Aber je länger
dieser Eindruck bleibt, desto unerträglicher ist er. Es
ist nicht ruhig, es ist verlassen. Eine aufgegebene Stadt
an verseuchten Ufern. Und sie steht da, und sie
möchte sich kümmern. Und nichts ist da, weit und
breit.

ANKUNFT DES ZUFALLS

Gerade entwickelt sich in meinem Kopf ein Gedanke. Dann muss ich dringend aufs Klo, und er ist weg. Gerade streite ich mit meinem Mann und bin total aufgeregt. Da sehe ich, wie die Nachbarin durch unseren Garten direkt auf uns zukommt. Sie ist der Mensch, den ich jetzt am Wenigsten brauchen kann. Und ich schreie noch lauter. Gerade entdecke ich beim Saubermachen einen noch halb frischen Katzenhaufen im Eck. Und in diesem Moment stellt sich unser Tier, das sonst nur auf dem Sofa liegt, direkt hinter mich, ich stolpere rückwärts und trete dem Biest auf die Pfoten. Ich falle hin und das Biest kreischt empört.

Wer steuert alle diese Zufälle, verdammt noch mal!

Ich vermute, auf dem Orion sitzt so ein faltiges, eingeschrumpeltes Wesen mit riesigen Augen und Ohren und gibt alles in einen universellen Zentralcomputer ein. Es ist zuständig für gemeine Zufälle auf der Erde und hat alles im Blick. Früher hat man es „Gott" genannt, heute findet man keine Worte dafür. Aber es ist da, und es ist für mich zuständig.

Ich könnte noch weiter darüber lamentieren, aber ich bekomme gerade einen Hustenanfall. Bevor ich ersticke, überlege ich, was jetzt als Nächstes kommt. Vermutlich springt mich ein Waschbär an, und ich muss gleichzeitig unsere Scheune retten, die gerade zu brennen anfängt. Oder ich atme durch, weil es auf unserem Hof gerade mal ruhig wird, und sofort fährt ein Viehbauer mit seinem Traktor vor, der auf unser Brunnenwasser scharf ist, und der Kerl stellt einfach nicht seinen Motor ab.

Das alles macht mich missmutig. Und ehrlich gesagt, auch verzweifelt. Denn wohin soll das führen?

Mein Mann lacht sich eins. Er verteilt seine kleinen, fast unauffälligen Gemeinheiten. Es sind solche, auf die ich prompt reagiere. Er sagt: Du kannst aber auch wirklich gar nichts, soweit ich sehen kann nur Diletantismus.

Das reicht mir schon, aber er macht weiter. Du fängst, sagt er hämisch, ein Dutzend Sachen an und bringst nichts zu Ende, das nennst du dann Multi-Tasking, das Frauen angeblich auszeichnet.

Ich bin sprachlos und er hört nicht auf, mich zu beleidigen, er ist ganz groß im Sammeln von Beispielen, die mich demütigen und sagt: Du bückst dich beim Einkaufen an der Ladentheke, weil dir eine Münze runtergefallen ist, und wenn du wieder auftauchst, rammst du deinen Kopf gegen meinen angewinkelten Ellenbogen und beschimpfst mich vor allen Leuten, ich würde dich verletzen wollen. Du stehst da, und wenn wir endlich an der Reihe sind, dann drehst du dich zu den anderen Kunden im Laden um und fragst in die Runde, ob jemand vor uns dran war. Und wenn ich sage, nein, hör doch auf! Wir sind dran! Dann heulst du fast und schluchzt mit weinerlicher Stimme: Immer kommandierst du mich herum!

So redet er ständig mit mir. Mein Fehler ist, dass ich auf seine Gemeinheiten überhaupt reagiere. Ich sollte sie an mir abperlen lassen. Aber ich finde mich ungerecht behandelt. Und ich rege mich auf. Dann fällt er wieder über mich her und behauptet, ich sei hysterisch, das sehe man ja jetzt. Und mit mir könne man nichts anfangen. Und wenn ich endlich schweige, dann wächst in mir ein Magengeschwür.

Was soll ich also tun?

Wenn ich irgendwas tue, dann entstehen sofort diese entnervenden Zufälle. Der Operator auf dem Orion legt umgehend los. Aber wenn ich nichts tue, dann bleibt mein Alltag unerfüllt. Die bodenlose Leere.

Mal sehn. Ich stehe langsam auf. Ich bewege mich in Richtung Tür. Die Katzen bleiben ruhig auf dem Sofa liegen. Mein Mann lächelt mir freundlich zu. Niemand stürmt von draußen herein. Ich atme auf, weil nichts passiert und keine Gefahr in Sicht ist. Ich öffne die Tür. Nichts. Ich trete hinaus ...

Na also, heute scheinen wir auf dem Orion einen freien Tag zu haben.

UNSER LAND WEINT

Unser Land weint. Eigentlich weint jeder für sich allein. Aber im Moment weinen alle. Jeder, den ich treffe, hantiert mit seinem Taschentuch. Und es gibt ja auch allen Grund dazu. Oder nicht?

Im Fernsehen wird uns das widergespiegelt. Auf allen Kanälen, in allen Serien folgt auf jeden gesprochenen Satz sofort eine Umarmung oder ein Weinen. Wir sprechen nicht mehr, wir schniefen. Wir sind so was von am Wasser gebaut, und wir lassen es raus.

So war es schon immer, auch wenn alle so getan haben, als blieben sie ganz cool. Vor allem die harten Kerle. Dabei weinen die innerlich als Erste. Weil ihnen das peinlich ist, machen sie auf hart. Auf diese Härte würde ich nicht setzen, ich traue ihnen nicht. Jetzt weinen aber auch noch die Frauen. Sie fangen schon an zu schluchzen, bevor überhaupt ein Grund da ist. Und wenn sie ein Gegenüber haben, fallen sie ihm sofort um den Hals.

Das war schon immer so, aber jetzt nimmt es pandemische Ausmaße an. Es ist im Moment die Währung, die ausgetauscht wird. Man kauft sich damit Verständnis. Du brauchst dir nur an die Augen zu fassen, und vielleicht auch noch ein bisschen reiben – und schon wird dir Hilfe angeboten. Gemeinsames Weinen gefällig? Oder am besten fallen wir uns gleich um den Hals.

Nicht jeder will aber jemanden am Hals haben. Manchem ist ein freier Hals lieber. Und kaum hat man das ausgesprochen, schon ist diese Seuche da und es heißt:

Abstand halten! Und wohin nun mit den übermäßigen Gefühlen?

Man kann das ja nicht in sich hineintröpfeln lassen oder hineinfluten, je nach Strömung, man lässt es besser raus. Sonst verkriecht es sich irgendwo im Inneren und man bekommt Sodbrennen oder ein Ziehen im rechten Hoden oder an der Schilddrüse. Besser ist es schon, es rauszulassen. Aber was ist der plötzliche Grund für das kollektive Öffnen aller Schleusen?

Das ist ein Mysterium. Eine Art morphogenetisches Feld zwischen Menschen. Darüber muss niemand reden, es stellt sich einfach als Gefühl ein. Wir alle wissen plötzlich, dass es an der Zeit ist zu weinen. Und wir gehen noch einen Schritt weiter und wissen, dass alle den Anlass der Traurigkeit kennen. Wir erleben es ja gerade zusammen. Dafür brauchen wir keinen Anführer, der den Start verkündet.

Wir sind wohl doch eine einzige, große Familie.

DAS KUNSTWERK

Durch das Fernglas sahen die Enten tot aus. Das Gefieder grau und braun, jede andere Farbe war aus ihren Körpern verschwunden, zugleich mit dem letzten Atemzug. Die Augenhöhlen waren dunkel, schienen leer. Er senkte das Fernglas, mit bloßem Auge setzten die Tiere auf dem glatten Schnee des zugefrorenen Sees sieben beunruhigende Zeichen. Über Nacht hatte die hereinbrechende Eiseskälte sie überrascht, von einem Tier ragte nur noch das Hinterteil mit zwei abgespreizten Krallen aus dem Eis. Die anderen Enten aber schienen Leben simulieren zu wollen. Sie sahen lebendig aus.

Die beiden Spaziergänger fragten sich, ob sie die Zeichen richtig deuteten. War es überhaupt denkbar, dass Enten auf dem See erfrieren konnten, bewahrte sie nicht ein tief sitzender Instinkt vor einem solchen Tod? Es war nicht genau zu erkennen, ob die Tiere wirklich gelebt hatten. Irgendein Spaßvogel hatte sie vielleicht aus Holz geschnitzt und auf das Eis gesetzt, um ahnungslose Enten anzulocken. Oder war es ein Maniac gewesen, der sich jetzt im Wald verbarg, dessen bizarres Kunstwerk die Spaziergänger sehen sollten, um sich vor den Abgründen der Schöpfung zu fürchten. Auch ein Tierschützer kam infrage, der gegen den hysterischen Verbrauch von Enten und Gänsen zu Weihnachten protestierte. Das Fest und Silvester waren gerade vorbei. Die Natur ringsum erfroren. Der Winter hielt das Land fest im Griff.

Die beiden Spaziergänger umrundeten den See. Das Unterholz war dicht verwachsen, am Boden angefroren, plötzlich stolperte sie und fiel in den Schnee. Einen Laut des Entsetzens ausstoßend, sprang sie sogleich wieder auf die Füße, wollte ihm zeigen, dass sie sich nichts getan hatte. Sie stapften weiter, um den See herum, allmählich wurde es dunkel. Totenstille. Jeder Laut schien eingefroren. Eine der Enten befand sich unweit des jenseitigen Ufers. Sie erreichten die Stelle. Er blickte durch das Fernglas. Klebte nicht Blut an ihrem Schnabel? Trug das tote Tier etwa keine Schlinge um den Hals?

Er behielt diesen Anblick für sich.

-Ich kann nichts erkennen, sagte er. Keine Verwesung, sie sehen perfekt aus.

Das Gefieder wie geschnitzt, sagte sie, ihre Stimme klang erleichtert.

Er suchte insgeheim eine Erklärung dafür, warum die toten Tiere den Kopf reckten, als erspähten sie etwas am jenseitigen Ufer und wollten unbedingt dorthin. Musste ihr Hals nicht jämmerlich heruntergebogen sein wie ein Gartenschlauch, der Kopf auf dem Eis liegen?

-Es sind Holzenten, sagte sie. Jemand hat sich einen Spaß erlaubt.

-Und das Blut am Schnabel? Sind sie womöglich an einer rätselhaften Krankheit verreckt?

-Ach, hör auf!

-Etwas Unheimliches ist vielleicht geschehen, etwas, das sieben Enten in einem einzigen Augenblick einholt und ihnen den Weg abschneidet.

Sie schwiegen. Der eiskalte Wald schien zu einer Geste auszuholen. So abgestorben, so erstarrt, wie er sich vor ihren Blicken aufrichtete, kam es ihnen vor, als wollte er davon erzählen. Eine stumme, winterliche Klage. Aber es blieb so abgrundtief still, dass sie das näherkommende Geräusch nicht hörten. Es kam von tief unten aus dem Schweigen. Dann war es mit einem Mal unter ihnen. Ein Brechen, wie von einem Tier. Ein Schnaufen, wie von einem Verwirrten. Etwas stampfte heran.

Als ihnen klar wurde, dass sie in diesem entlegenen Waldstück nicht allein waren, fühlten sie etwas wie eine tief sitzende Betäubung, als wäre alles vergeblich gewesen. Sie hatten sich umgewendet. Über den Weg kam im Halbdunkel jemand auf sie zu. Der Umriss einer männlichen Gestalt mit kräftigen Schultern und dünnen Beinen in engen Hosen. Weit ausholende Bewegungen, ein Rudern der Arme.

-N' Abend! Gutes Neues!, stieß der Jogger atemlos hervor. Dann war er auch schon vorbei.

Sie standen noch immer wie erstarrt.

-Lass – uns gehen, sagte sie. Wir holen uns hier noch den Tod.

-Es ist wirklich kalt, sagte er. Alles friert.

Sie warfen keinen Blick mehr auf den See, auf dessen schneeweißer Fläche sieben dunkle Flecken lagen.

MIT DIESEM GESICHT NICHT

-Wie ist denn Deine Frau so im Bett? – Na, die einen sagen so, die andern so.

Diesen Witz erzählte er immer wieder und lachte dann lang anhaltend darüber. Bald war er aber der Einzige, der noch darüber lachte. Und das merkte schließlich auch er selbst und dachte sich andere Witze aus. Gut, Freud hat genug über den Witz ausgesagt, man muss es nicht wiederholen, es hat was zu tun mit dem Überschießen der unverarbeiteten Ich-Libido. Komplizierte Geschichte. Nur so viel lässt sich auf jeden Fall sagen, es gehört zum Themenkomplex „systemrelevant", es schüttelt uns alle durch.

Nur er allein denkt anders. Er denkt, solche Witze sagen nur etwas über seine ureigene Originalität aus. Darüber, wie souverän er mit dem Thema Sex und Liebe umgeht.

Niemand hat es bisher geschafft, ihm zu sagen, dass er mit diesem Thema auf der allergewöhnlichsten Ebene herumkriecht, dort, wo sich alle befinden. Dass er sich also lieber vom Acker machen soll – in lohnendere Richtungen wie Quantenphysik, systemische Daseinsvorsorge oder Virologie.

Auf Partys ist er mit dem Thema natürlich noch immer ein Star. Ein echter Türöffner. Vielleicht ist das überhaupt der Grund für seine Manie, Witze zu erzählen. Damit kommt er überall rein – mit seinem Gesicht nicht. Keine Chance mit diesem Gesicht.

Und wie denkt seine Frau darüber? – Na, die einen

sagen so, die andern so. – Sie selbst äußert sich nicht. Sie ist schon längst auf und davon.

MEINE RECHTE

Ich schließe die Fenster, ich schließe die Türen. Ich will nicht, dass jemand vorbeikommt. Ich will nicht, dass jemand denkt, ich sei zuhause.

Darauf müsste ich mich ja vorbereiten. Ich müsste mich in die Position bringen, von der ich will, dass sie wahrgenommen wird. Es ist doch jetzt schon so: Ich gehe über den Hof, habe irgendwas zu tun, und am Hofeingang steht einer, der mich beobachtet. Er glotzt mich an und erwartet, dass ich das Wort an ihn richte. Dass ich mich erkläre. Dass ich mich mit ihm beschäftige. Oder was wollen die Leute alle, die da stehen und glotzen.

Ich kann es ihnen nicht verbieten. Sie stehen am Rand meines Hofes. Genau dort, wo die Pflasterung wechselt. Wenn ich sagen würde, was stehst du da und glotzt, dann könnten sie anfangen zu argumentieren, sie könnten sagen: Ich kann hier stehen, ich darf das, ich darf dich anglotzen von morgens bis abends, ich verletze ja nicht dein Territorium. Tatsache ist aber, dass ihre Fußspitzen durchaus mein Pflaster berühren, einen Schritt weiter und ich könnte sie verhaften lassen. Davon abgesehen, verletzen sie mein Territorium durch ihre Blicke. Ich gehe umher und sie beobachten mich und urteilen über mich und verkünden das Urteil im ganzen Ort. Der war ungekämmt, der hatte eine fleckige Hose an, der hat offensichtlich was an der Hüfte. Dabei bewege ich mich auf meinem privaten Grund und Boden, meinem heimatlichen Gelände, von einem Nebengebäude zum anderen und von dort aus in den Garten. Ich sehe sie ja auch, sie drängen sich in meine Blicke, da gehören sie aber nicht hin.

Deshalb werde ich mich jetzt einigeln. Vielleicht mache ich es wie der Typ, den ich aus dem Nachbarort kenne. Er hat sich ein Sportgewehr gekauft. Jetzt sitzt er in seinem Wohnzimmer und wartet darauf, dass jemand kommt und anklopft. Dann feuert er sofort durch die Tür. Und dann lässt er sich abholen. Ihm ist es egal, ob er in seinem Wohnzimmer sitzt oder in der Zelle. Das Leben ist für ihn eine einzige Verletzung. Solche Leute gibt es in unserer Region rund um die Truppenübungsplätze viele. Sie haben mit allem abgeschlossen. Sie sammeln keine Treuepunkte mehr, sie wünschen keinen schönen Tag, sie vermeiden korrekte Steuern, sie nehmen nichts von außerhalb in Anspruch. Was essen und trinken die? Ich weiß es nicht. Vielleicht verzehren sie sich allmählich selbst. Sie vermeiden jedenfalls Dankbarkeit in jeder Form, die wollen sie nicht.

Allmählich steigt in unserer eigentlich doch so schönen Region der Pegel der Verachtung. Und ich weiß noch nicht genau, ob ich zu ihnen stoßen werde. Dann gibt es kein Zurück mehr.

VERGESSENE GESICHTER

Es gibt diese nichtssagenden Menschen. Und sie besitzen vergessene Gesichter. Und selbstverständlich riechen sie nicht gut. Im Supermarkt triffst du sie. Sie gehen jetzt durch die Reihen und packen Klopapier, Hefe und Dosensuppen ein, als würde die Seuche nie mehr weichen. Offenbar rechnen sie aber nicht damit, dass all diese von ihnen gehorteten Dinge an der Kasse etwas kosten. Wenn die Kassiererin den Gesamtpreis nennt, stoßen sie einen erschreckten, bisweilen protestierenden Schrei aus. Dann beginnen sie, im Geldbeutel zu kramen. Sie finden nichts und zücken ihre Karte. Missmutig schieben sie das Plastik in das Lesegerät. Die Kassiererin bedankt sich überschwänglich. Denn sie hat insgeheim nicht damit gerechnet, dass alles glattgeht. Der Kunde vor ihr stößt nämlich einen Geruch aus, der vermuten lässt, dass er sich seit Wochen vor dem Virus verkrochen und nicht mehr unter lebende Seelen gewagt hat. Woher soll er also in der Lage sein, die Rechnung zu tilgen? Die Kassiererin fragt: Sammeln sie Treuepunkte. Und der Kunde antwortet: Damit bin ich durch. Sie beschließt, das für einen Scherz zu halten und bemüht sich um ein Lachen. Der Kunde knurrt. Dann sammelt er seine bezahlten Waren vom Fließband. Das dauert natürlich. Währenddessen schiebt die Kassiererin die Waren des nächsten Kunden, in diesem Fall sind das meine Frau und ich, durch die Elektronik. Die Waren rutschen über das Laufbandende hinaus und vermischen sich mit denen des Vorkunden. Er wischt sich die Handflächen an seiner vergessenen Kleidung ab und will den Nachschub stoppen. Er hebt die Hände in unsere Richtung und sagt: Moment mal. Der Luftwirbel, der bei dieser Bewegung entsteht, weht Gerüche in unsere Richtung, die mir den Atem rauben. Ich untersage es mir, die einzelnen Anteile des Geruches zu definieren. Wir packen ein, auch wir haben ja ein Recht auf Klopapier, Hefe und Dosensuppen. Die Kassiererin kennt kein Erbarmen und schiebt, das Laufband läuft. Aber jetzt geraten die Einkäufe gänzlich durcheinander. Unser Joghurt und Quark kollidiert mit seinen Dosen Ravioli und Hühnerfrikassee. Moment mal, wiederholt er. Ich murmele, ohne möglichst viel Atem zu verbrauchen, geht schon. Wir sortieren. Er schaut nur noch zu. Der Stau wird größer. Die Kassiererin ist fertig und nennt unsere Summe. Und: Sammeln sie Treuepunkte? Und meine Frau sagt: Jetzt erst recht. Und wir werden zusammen mit dem Vorkunden fertig. Wir schieben unsere Einkaufswagen nebeneinander zum Ausgang und bemühen uns, geradeaus zu blicken. Die Verkäuferin ruft uns nach: Und einen schönen Nachmittag noch Ihnen allen. Und bleiben Sie gesund. Wir erreichen den Ausgang. Die Schiebetüren schließen sich hinter uns. Wir biegen nach links ab und verabschieden uns von dem Vorkunden, der nach rechts strebt. Im Weggehen hören wir, wie er sagt: Nichtssagende Menschen, mit vergessenen Gesichtern! Der aufkommende Wind zerstreut die Worte und die Gerüche weiter in alle Richtungen.

MORGENS

Die Herausforderung fängt um acht Uhr morgens an. Die Katze kräht wie ein Raubvogel. Will ich sie ansprechen, verbeißt sie sich in ihr Fell. Sie hat Flöhe. Sie verhungert schier vor meinen Augen.

-Ich sage: Katze, hier, ich rette dich. Aber sie frisst nicht.

Draußen herrscht Kleinkrieg. Verschiedene Tiere fallen übereinander her, große und kleine. Hunde stehen da und schäumen vor Wut. Pferde keilen aus. Ein Traktor donnert dicht an mir vorbei. Die Tiere grüßen nicht, obwohl eine lange Nacht hinter uns allen liegt. Sie keifen nur böse. Ich stelle ihnen Futternäpfe hin. Sie verachten mich.

Zurück im Haus läuft der Kühlschrank aus, das Eisfach hat offensichtlich in diesem Moment beschlossen, aufzutauen. Pfützen überall. Ich wische. Weil meine Bewegungen vielleicht zu barsch sind, zu wenig verständnisvoll, stoße ich an aufgehängte und aufgestellte Geräte. Töpfe, Kellen, Schöpfutensilien fallen von den Wänden, die Herrschaften tun beleidigt. Ich wische in Halbkreisen, spüle den schmutzigen Putzlappen unter dem Wasserhahn aus, springe eine Weile hin und her, dabei geraten irgendwelche missgünstigen Flusen in den Abfluss. Er verstopft. Das Wasser steigt. Ich krame den Pümpel aus dem Stauraum unter der Spüle. Und stössele.

Die Wassermassen gurgeln, fließen aber nicht ab. Der Pegel steigt.

Unter dem Kühlschrank sammelt sich immer mehr Abwasser.

Die Katze kräht dringlicher.

Draußen Kampfgeräusche.

Jetzt erscheint meine Frau auf der Bildfläche.

Sie nimmt die Herausforderungen, vor denen ich stehe, anders an. Sie lacht erstmal.

-Sie sagt: Was tust du da!

Ich blicke sie von unten her an. Ich liege ja schon zwischen Kühlschrank und den Regalen, stütze mich knapp über der Wasserlache ab, mein Kopf duckt sich zwischen die Stauräume. Die Lache aus dem Kühlfach schiebt sich unter das Küchenbord und in Richtung Restküche.

-Ich sage: Mausi, ich putze, wie jeden Morgen.

-Sie sagt: Nimm doch den Wisch-und-Weck, da tust du dir leichter!

Dann geht sie ins Bad.

Ich höre aus dem Bad Kampfgeräusche. Etwas fließt, etwas kracht zusammen, jemand lacht. Das scheint aber nicht die Stimme meiner Frau zu sein. Ich lausche. In diesem Moment fließt das aufgestaute Abwasser aus dem Spülbecken über die Ufer aus weißem Porzellan.

Die aggressiven Wellen wachsen, weil jetzt Spülbürsten ins Wasser klatschen, die Dose mit dem Spülmittel rutscht von der Ablage ins Becken, Schaumhügel entstehen sofort und türmen sich auf der Oberfläche des Wasserspiegels auf wie mahnende Gletscher kurz vor dem Abschmelzen. Ein Abwasser-Tsunami droht. Bevor sie abgleiten können und auf dem Küchenboden landen, der aus empfindlichen hellen Holzdielen besteht, greife ich nach zwei blitzsauberen Töpfen von Fissler und schöpfe ab. Ich schöpfe ab und entleere die Töpfe im benachbarten Abfluss des gleichen Spülbeckens. Hier läuft noch alles wie vorgesehen. Ich schöpfe und schöpfe.

Die Lache aus dem Kühlschrank erreicht die Vitrine aus glasiertem Nussholz mit Intarsien, auf dem das Meissener Porzellan steht.

Irgendwo im Haus fällt mit einer dumpfen Explosion eine schwere Tür in ihre Fassung.

Gleichzeitig das verächtliche Krähen dieses Tieres, das wir ja seit Jahren als eine Art Katze halten.

Draußen vor dem Fenster zum Garten rast eine Gruppe Tiere in Richtung Gemüsebeete davon.

Wieder dieses Lachen aus dem Bad.

Aber es wird leiser.

Und der Kühlschrank läuft jetzt nicht mehr aus.

Die heruntergefallenen Küchengeräte kehren zufrieden an ihren angestammten Platz zurück. Die Schaumhügel im Spülbecken fallen in sich zusammen.

In allen Gerätschaften macht sich die Einsicht breit, dass die Vorstellung für heute Morgen ausreichend war. Sie wird beendet.

Die Katze stolziert an ihren Fressplatz und beugt sich interessiert über ihre Futternäpfe.

-Meine Frau tritt aus dem Bad, und sagt todernst: Und das Frühstück?

-Kommt!, sage ich. Morgens gibt es solche Herausforderungen, weißt du, die muss man annehmen.

-Kenne ich, sagt sie.
Und dann duftet es auch schon nach Kaffee.

UNSER HAUS

Ich trat durch die letzte Tür. Er stand geduckt auf der obersten Treppenstufe. Im Halbdunkel des Kellers hatte ich ihn nicht gleich wahrgenommen.

-Ich sagte: Hoppla!

Das ist ja nun vielleicht kein passender Ausruf beim Anblick eines Mitbewohners, mit dem man auch noch seit Jahren verheiratet ist.

-Er sagte: Ja!

Er trug etwas mit dunklen Farben, was zur Umgebung passte, sein Gesicht war nur um ein Weniges heller. Er verharrte in seiner Position, irgendwie eingeklemmt zwischen Tür und Türrahmen. Er wirkte unglücklich. Das war aber wohl nicht seelisch bedingt, sondern verursacht durch die Lage, die ihm im Augenblick ein Fortkommen unmöglich machte. Denn er wollte auf keinen Fall mit mir zusammentreffen, in diesen Momenten der Virus-Epidemie. Wir hatten ja schon seit Wochen Abstand voneinander gehalten.

An der Stelle unserer jähen, morgendlichen Begegnung im Haus, das wir noch immer gemeinsam bewohnen, gibt es drei Türen, die man wahlweise durchschreiten kann.

-Er sagte: Nun geh mal, dann kann ich auch weiter.

In mir stieg sehr schnell etwas Heißes auf, ich will nicht, dass mir jemand in meinem Wohnbereich sagt, was ich zu tun habe, schon gar nicht mein Ehemann, der ohnehin den Ton angeben will. Ich ging wortlos durch die Außentür in den Garten hinaus, den ich allein zum Blühen bringe.

Die Gefahr einer Begegnung besteht immer. Man tritt aus dem Zimmer, durchquert das Treppenhaus, biegt um die Ecke und hat vor sich einen unübersichtlichen Raum, kaum vier Quadratmeter, in dem sich vieles zutragen kann, das man lieber vermeiden möchte. Schon oft traf ich dort auf jemanden. Oft stand auch er im Halbdunkel und wartete. Worauf? Vielleicht auf etwas, das verwendbar war. Vielleicht auch einfach nur erschüttert von irgendeiner plötzlichen Einsicht. Im Halbdunkel des eigenen Kopfes tauchen ja immer wieder mal Botschaften auf, die Anlass zur Sorge geben. Außerdem gibt es so vieles zu bedenken, wenn zwei Ehepartner zusammenwohnen, die sich nicht über den Weg laufen wollen.

Unser Haus auf dem Land birgt auch noch andere Gefahren. Gestern Nacht schlief ich auf einer toten Maus, ohne es zu merken. Am Morgen war das Entsetzen groß. Ich beobachtete aber, dass die Verursacherin, nämlich unsere ältere von zwei schwarzen Katzen, die mein Mann angeschafft hatte, kichernd in der Ecke stand. Es war also nur Spaß gewesen. Im ersten Impuls beschloss ich, die Maus meinem Mann ins Bett zu bugsieren. Aber das unterließ ich dann doch. Ich fand eine bessere Verwendung.

Und am nächsten Morgen traf ich ihn ja sowieso und sagte „Hoppla!" Im Nachhinein war mir dieser Ausruf die Sache wert.

GESELLIGKEIT

-... tit ...
-... ke ...!
Das kleine Gespräch hätte einen anderen Verlauf
nehmen können. Ja, vielleicht müssen. Aber Kellner
und Gast konnten sich offenbar nicht ausstehen. Das
lag an vielen Dingen, ausgesprochenen und unausge-
sprochenen. Jedenfalls schob der Kellner, ein grau gewordener Italiener in spätmittleren Jahren, dem Gast
den Teller mit dem gedünsteten Lachsfilet so unnach-
ahmlich verächtlich auf den Tisch, dass dieser – entgegen seiner Gewohnheit – den Tonfall der
demonstrativ verschluckten Höflichkeits-Floskel auf-
griff und ...
Der Italiener hatte den einzigen Gast schon beim Be-
treten des Restaurants so überschwänglich begrüßt,
als wäre er Garibaldi, der Retter des Landes, danach
hatte er ihn mit großer Geste auf die Terrasse verwie-
sen. Kein Tisch war besetzt. Der Kellner hätte es vielleicht entgegenkommend gefunden, hätte der Gast den
nächstbesten Tisch genommen, einen am Durchgang
in Küchennähe, denn er war offensichtlich nicht gut
zu Fuß. Ein Bediensteter mit einer langen beruflichen
Laufbahn eben. Aber der Gast bedachte möglicher-
weise später kommende, laute Gäste, die sich um ihn
scharen würden und scheute das Risiko. Er wollte ausdrücklich für sich sein. Er wollte an diesem langen
Wochenende, dem ersten seit vielen Jahren, und deshalb schwer erkämpften ohne seine Frau, ganz allein

sein. Und er wählte daher einen kleinen Tisch am Rand der Terrasse, dort, wo bereits der Park seine Schatten warf. Der Kellner hatte das missbilligend, aber mit dem routinierten Charme gastronomischer Noblesse zur Kenntnis genommen. Der Gast hatte natürlich seine hochgezogenen Augenbrauen bemerkt – wie denn auch nicht, denn der Kellner hatte diese kleine Notwehr so trainiert, dass ihm niemand dafür einen Vorwurf machen konnte, jeder Gast es aber unbedingt bemerkte. Diese überflüssige Gemütsäußerung war dem Gast ein weiteres Ärgernis.

Die Abneigung zwischen beiden Parteien verstärkte sich, als der Gast nichts anderes zu trinken bestellte als ein kleines Fläschchen Wasser – ausdrücklich still. „Erstmal ein Wasser", formulierte er es, die eventuell noch folgende Orgie an gehaltvollen und deshalb teueren Weinen zum Fisch offen lassend. Eine Zugabe an seine eigene Feigheit, das gestand sich der Gast im gleichen Augenblick beschämt ein, eine Art Entschuldigung dafür, dass den nun fälligen langen Wegen des Kellners von Seiten des Gastes keinerlei Entschädigung folgte. Beim schlurfenden Gehen und Kommen des Kellners musste der Gast an einen TV-Sketch denken, der immer am letzten Tag des Jahres gesendet wurde. Wie hieß der Sketch gleich noch? Es fiel dem Gast nicht ein, obwohl er ihn schon mehrere Male gesehen hatte. Darüber ärgerte er sich so, dass er den Kellner, der nun die Bestecke brachte, keines Blickes würdigte. Als der Italiener das Wasser brachte, und man ihm ansah, dass er gewiss eine kleine Plauderei hätte führen wollen, denn das Ristorante war ja nach langer Seuchen-Pause an diesem Tag zum allerersten Mal wieder geöffnet, und der Kellner gewiss mitteilungsbedürftig, weil sich ach so viel in seinem Inneren angesammelt hatte – da zog der Gast demonstrativ sein Handy und klappte es auf. Der Italiener murmelte schweigend eine Verwünschung und drehte ab.

Der Gast legte umgehend das Handy zur Seite, schob es von sich weg an den Rand des Tisches und blickte über den Park. Schön hier, dachte er und schloss die Augen, milde an seine Frau denkend, die ihm diese Auszeit in kluger Ehe-Hygiene gestattet hatte. Als er seine Augen wieder öffnete, näherte sich der Italiener. Er hielt die Bestellung in der ausgestreckten Hand, als läge Aas auf dem Teller.

Der Kellner näherte sich dem Tisch, machte schon vor Erreichen des Zielortes eine halbe Kehrtwendung, als würde er die Bestellung am liebsten gar nicht zu Ende führen wollen, strebte bereits mit einer Hälfte seines livrierten, fülligen Körpers wieder zurück in sein heimisches Restaurant, und entledigte sich des Tellers mit einer Geste, die achtlos zu nennen eine Sympathieerklärung gewesen wäre. Er servierte, bereits abgewendet mit Rechts, mit dem Zeigefinger schob er den Teller im letzten Moment so über die Tischkante, dass dieser nicht sofort hinabstürzte.

-... tit ..., sagte er.

Der Gast blickte betont gelassen von seinem Handy auf.

-... ke ..., erwiderte er.

———

AUSTAUSCH DER GENERATIONEN

Was gefällt der Jugend von heute? Niemand weiß es. Sie weiß es selbst nicht. Aber weil sie nun mal anwesend ist, will sie es anders machen als bisher. So entsteht das Neue.

Ich frage oft meinen Neffen darüber aus. Er sagt: Ich weiß nicht, Opi. Keine Ahnung.

Und dann kommt doch irgendwas. Der Verdacht liegt nahe, dass es ihm in diesem Moment überhaupt erst einfällt. Wenn er gezwungen wird, darüber zu reden. Das kenne ich aus meinem eigenen Umfeld. Ich komme ja aus einfachen Verhältnissen. Niemand sprach über irgendwas. Aber sobald ich anfing, laut nachzudenken, hatte jeder eine genaue Vorstellung von der Sache, so als würden sie nachts im Bett liegen, sich sorgenvoll herumwälzen und darüber nachdenken, ob es einen Zusammenhang gibt, zwischen Kapitalismus und Flüchtlingen. Oder zwischen regionaler Identität und Geschlechterkampf. Und am Morgen wissen alle Bescheid. Aber reden nicht darüber. Sondern stellen sich nur in Positur, als wollten sie sagen: So, jetzt fragt mich mal ab darüber.

Mein Neffe ist Fachkraft dafür und für vieles andere. Den Computer beherrscht er ganz groß. Er leitet sogar eine Gruppe, die sich mit Digitalisierung auf dem Lande beschäftigt. Und er ärgert mich gern, indem er sagt: Das kannst du schon, das kriegst selbst du hin, Opi. Wenn du dich anstrengst.

Aber wir sind ja selbst schuld. Wir tun jeden Tag so,

als müssten wir mit der Jugend Schritt halten. Mit ihrem Outfit, mit ihrer Fitness, überhaupt mit allem, was fit und hipp ist. Nein, müssen wir nicht! Damit machen wir uns eher lächerlich. Wenn Opas und Omas, bunt wie Kanarienvögel, Arme angewinkelt, Haare gefärbt, mit klapperndem Gebiss wegen der Erschütterung, durch den Stadtpark joggen, anstatt den Kindern zu erklären – ja, was eigentlich ...

Also, wir könnten beispielsweise darüber sprechen – warum der Schnee früher weißer war. Nein, falsch, langweilig! Wir könnten darüber sprechen, dass wir uns früher achtsamer ernährt haben. Nein, wieder falsch. Wir könnten hervorheben, dass ständiges Konsumieren zu nichts führt. Nein, nein. Damit ist nichts gewonnen.

Also?

Nicht mithalten wollen, das ist schon mal ein Anfang.

Die Sprache nicht verhunzen. Nicht andauernd „krass" oder „geil" sagen, wenn wir eigentlich viel mehr meinen. Es bleibt eine Errungenschaft, in ganzen Sätzen zu sprechen. Nicht immer verfügbar sein wollen, das ist auch gut. Opas und Omas tauchen einfach tagelang weg und verpassen gar nichts. Wenn sie wieder auftauchen, ist dieser amerikanische Präsident immer noch da. Nicht unbedingt *up do date* sein. Mit diesem Programm bist du Vorbild!

Vorbild sein, das ist überhaupt gut. Ich frage meinen Enkel, ob er ein Glas O-Saft trinken will, gesunde Säfte, statt zuckersüßer Brause, das ist doch vorbildlich.

-Und er fragt: Sind Konservierungsstoffe drin?

-Und ich muss erst drauf schauen und sage dann: Ja, jede Menge!

-Und er erwidert: Das ist aber nicht vorbildlich, Opi. Einen solchen Saft solltest du nicht trinken.

Und ich stehe da und denke: Manchmal ist Mithaltenwollen vielleicht doch ganz gut.

-Und als er mich fragt, warum wir Alten so achtlos mit den Lebensmitteln umgehen, erwidere ich: Es gab Zeiten, da musste man alles nehmen, was da war, weil es ums Überleben ging.

-Ach ja, sagt er, war das so? Klingt spannend. Erzähl doch mal.

Ja, wir Generationen tauschen uns neuerdings echt aus.

DER KNACKPUNKT

Andere starben an ihren Erkrankungen, für Anika bedeuteten Krankheiten, zu überleben. Sie legte sich neue Leiden zu, darunter durchaus schwere. Anscheinend wollte sie die Gesetze von Leben und Tod überwinden. Oder hatte sie andere Gründe?

Es liegt lange zurück, aber unsere Erinnerung daran ist lebendig geblieben. Eines Tages in ihrem noch jungen Leben muss Anika deutlich gespürt haben, dass sie anwesend war, aber übersehen wurde. Damals hatte sie unter dieser Entdeckung mehr gelitten, als wir ahnten. Eines Tages stand sie in der Tür zum Wohnzimmer und teilte mit, dass sie angeschaut zu werden wünschte. Alle starrten auf das Mädchen, Mutter, Vater, die Verwandten, Gäste, die sich zum Kartenspiel versammelt hatten. Wollte sie tatsächlich ihre Ecke im Haus verlassen, die man der niedlichen, linkischen kleinen eingerichtet hatte? Anika wartete die Antwort der Familie nicht ab, sie verließ das Haus, den Garten, das Dorf und tauchte unter. Auch wenn sie nach kurzer Zeit wieder da war, ihre Ecke im Haus mit neuen Kleidern bezog, die zu ihrem strahlend blonden Lockenkopf passten, sie hatte eine Lösung gefunden. Der Gedanke ergriff sie vollständig. Man würde ihr Aufmerksamkeit schenken müssen, wenn sie krank war.

Von nun an, dreißig Jahre lang, stand sie mitten im Leben der anderen.

Sie hatte Zeit, ihre Welt gehörte ihr. Sie sammelte

Aufmerksamkeit und Fürsorge, erwarb sich Fachwissen und eine gewisse schauspielerische Fertigkeit. Sie studierte Erkrankungen, wie andere Heilmethoden studierten. Salben, Pillen und Tinkturen dienten ihr nicht zur Linderung, sondern zur Verlängerung der Leiden, sie probierte alles an sich aus. Anika eilte von einer Klinik zur nächsten, von Anthroposophen zu Heilpraktikern, besuchte virologische Seminare und Vorträge über Immunschwächen, machte sich kundig über die klinischen Folgen seelischer Synapsen. Die Krankheitsherde in ihrem Inneren setzten sich fest, bekamen Namen und eine Biografie, sie wucherten, wurden vielfältiger, rätselhafter. Ein Kosmos unentdeckter Länder und Kontinente, eingeschlossen in einem ängstlich behüteten Leib. Ihre Familie ließ Anika gewähren, vielleicht um nicht auf eigene Verstrickungen zu stoßen, vielleicht war man zufrieden, dass die Tochter mit dieser selbst gewählten Schwäche ihren Platz im Dasein gefunden hatte. Und weil sie regelmäßig zur Kirche ging, adelte ihr Tun auch der Segen von höchster Stelle.

Im Zimmer der Tochter im Elternhaus, das sie auch noch im Erwachsenenalter bewohnte, wuchs die Apotheke. Man bedauerte Anika, nahm Rücksicht auf sie, man kaufte ihr, was sie wünschte. In ihr selbst wuchs der Verdacht, dass die Gleichgültigkeit der anderen sie allmählich wieder unsichtbar machte.

Sie hielt inne, sie überlegte. Sie unterbrach ihre Reisen in Krankheit und Leid, um zu heiraten. Als ihr das gelungen war, wurde sie vorübergehend gesund und setzte drei Mädchen ins Leben. Für weitere Jahre war ihr die Aufmerksamkeit sicher, man nahm sie wahr.

Nun senkte sich Ruhe über das Haus, das ihr Mann gebaut hatte.

Es wurde Frühling, es wurde Winter, die Kinder wuchsen, sie waren niedlich, ein wenig linkisch. In der nordhessischen Kleinstadt hatte die Familie ihren Platz bezogen, sie führten unverdächtige Beschäftigungen aus, die Nachbarn konnten nichts über sie sagen. In dieser Zeit lernte Anika einen Mann kennen, dem sie verfiel.

Er hieß Thorsten und war Forstmanager. Ein drahtiger, muskulöser Mann von dreißig, mit grauen, kurz geschnittenen Haaren, an dem jeder Zoll Tatkraft war. Als sie ihn das erste Mal sah, musste sie an Tiere denken. Er verwaltete zwei Wälder, stand im Dienst von hessischen Adligen, besaß zudem seine eigene Firma. Er hegte, pflegte, züchtete und fällte Bäume, und wenn ein Siebenschläfer im Gehölz saß, unterbrach er seine Arbeit. Wenn er Baumriesen im hessischen Urwald bearbeitete, war seine Kraft einfach überwältigend.

Anikas Mann, ein Holztüftler und Laubsäger im Hobbykeller, hatte ihn mit dem Fällen einer Eiche auf ihrem Grundstück beauftragt. Gemeinsam sahen sie dem Vorgang zu. Der Baumexperte, wie ein Athlet in Startpose, schoss seine Sicherungsleinen in die Krone. Er turnte hinauf, verankerte die Seilzüge, zeigte dem Baum wie ein Inquisitor die Instrumente, er machte am Starkgeäst vorn seine Fallkerb-Vorgabe, setzte hinten den Fällschnitt, er beherrschte die Ausreißversuche der jungen Arme, und zwang den Stamm zu fallen; seine rote Hose leuchtete wie ein Feuer, seine stählernen Arme unter dem engen, blauen T-Shirt arbeiteten präzise wie Klammern.

Sie war hingerissen. Sie musste begriffen haben, zu welchem Handeln gesunde Körper in der Lage waren. Sie wünschte sich, auf ihrem erworbenen Land stünden mehr hundertfünfzigjährige Bäume, die betreut werden mussten. Sie überlegte, ob eine Umschulung unter der Leitung dieses Gottes das richtige für sie wäre. Dann konnte sie in seiner Nähe sein, aus diesem Quell schöpfen.

Noch während sie überlegte, öffneten sich die Türen ihres Hauses. Ihre Töchter traten heraus. Abends kamen sie aus der Kreisstadt zurück. Aber etwas veränderte sie zusehends. Sie waren bereit, ihr eigenes Leben anzunehmen. Sie brachten Freunde mit, ihre Ausflüge dauerten nun länger. Sie sprachen von anderen Familien, die irgendwo auf sie warteten. Sicher würden sie bald nicht mehr zurückkehren. Anika fühlte sich zunehmend allein gelassen.

In diesen Nächten träumte Anika von der gefällten Eiche, der stehen gebliebene Baumstumpf winkte ihr mit abgeschnittenen Armen zum Abschied zu, oben an der Bruchleiste saß abgesplittertes Holz, das Thorsten den Waldbart genannt hatte, wie wehendes, blondes Haar. Als sie schweißnass auffuhr, packte sie das schreckliche Gefühl, der Abschied der Kinder stünde unmittelbar bevor. Wäre dann nicht alles umsonst gewesen? Sie musste ihre Anziehungskräfte erneuern.

Den Umschulungsgedanken stellte sie nach einem Gespräch mit Thorsten gleich am nächsten Morgen in Frage, der wusste, welche federnde Kraft für seinen Beruf nötig war, und der das gefährliche Knacken aus dem Inneren hörte, wenn der Baum sich geschlagen gab und brach. Sie selbst war taub, lauschte nur in ihr eigenes Inneres.

Aber sie erholte sich, um neue Leiden zu erfinden, zumindest neue Namen für Leiden. Sie schlug jeden verschlungenen Weg ein, der nicht nur in Erkrankungen führte, sondern sie auch gegen mögliche Heilerfolge absicherte. Sie nahm ihre Reisen ins Innere der Schmerzen wieder auf. Es blieb nicht ohne Folgen für ihr Immunsystem, für ihre psychische Verfassung. Sie erhöhte das Risiko, sie kannte keinen anderen Weg. Ein Aufenthalt auf einer Intensivstation nach einem Kreislaufzusammenbruch erschreckte sie. Sie hörte ein großes Ein- und Ausatmen. Anika wusste, es war nur die künstliche Lunge, die ihrer eigenen Atmung diente. Aber unter dem Eindruck des Ortes, schien es ihr das Leben selbst zu sein, nur unterbrochen von Röcheln, Husten und Verschieben von Gerätschaften und Schaltpulten auf der nächtlichen Station. In einem Moment seltener Klarheit spürte sie, dass hier der Tod mit höchstem Einsatz um Leiber spielte, und sie war von panischer Erleichterung erfüllt, dass sein einziger, ernstzunehmender Rivale noch zu hören war. Er atmete.

Schließlich weigerte sich ihr Körper. Nach angemessener Zeit wollen Krankheiten wahrgenommen und anerkannt werden, sie bestehen darauf, als echte Leiden behandelt zu werden und werden eins mit ihrem Wirt. An Anikas Sehnen hatten sich Rückstände von Chemikalien abgelagert, ihre Gelenke wurden knotig, ihr Fleisch wässrig, die seelischen Ressourcen waren verbraucht. Sie verwarf den Umschulungsgedanken endgültig, verzweifelte jedoch nur für die Dauer einer Kur an der mittelhessischen Bäderstraße. Bei Moorbädern und Ganzkörpermassagen fiel ihr eine Lösung ein. Es genügte nicht, mit neuen Leiden aufzutreten wie ein Schauspieler, der einen Text verblüffend zu interpretieren wusste. Gewöhnliche Erkrankungen halfen nicht mehr, um wahrgenommen und anerkannt zu werden und bei den Gesunden Schuldgefühle zu wecken.

Sie erklärte, dass alle anderen ebenfalls krank seien. Vor allem ihre Kinder. Welch ein Schicksalsschlag! In einem einzigen, unachtsamen Moment, vielleicht mitten in der Nacht, vielleicht im Ausland, hatte es alle ereilt. Die Immunschwäche war ansteckend und schlug jeden zu Boden. Sie trat an die Stelle des Lebens und war deshalb die Erklärung für alles, was die Familie in der Vergangenheit ereilt hatte und in der Zukunft erdulden würde.

Jetzt betrat sie neues Terrain. Sie ließ sich Zeit, aber ihre Strategien reiften. Unermüdlich wirkte sie auf ihre Lieben ein, denen sie nachwies, welchen Anteil ihr Eigensinn an ihrer wachsenden Hinfälligkeit besaß. Sie kämpfte hart, sie gab nicht auf. Schließlich, kurz bevor die drei noch minderjährigen Töchter ausziehen wollten, siegte sie. Sie selbst war der Ansicht, dass ihre Lieben ihr endlich vernünftig folgten. Man kann aber auch sagen, die anderen gaben sich auf, ihr eigenes Leben, ihre Sicht der Dinge, sie brachen und fielen.

Der Ehemann, die Kinder fühlten sich krank, dieses Gefühl verstärkte sich in Anikas Gegenwart, sie buchten Behandlungen in Kliniken, Sanatorien und Heilbädern. Als die Krankheit jeden mindestens einmal vollständig niedergestreckt hatte, fühlte Anika sich geheilt. Ihre Krankheitswut verebbte, sie selbst ließ die Leinen locker, weil sie ihr Ziel erreicht hatte. Unerwartet munter erklärte sie ihre Familie jetzt für unheilbar krank und sich für die Krankenschwester. Man stimmte ihr entkräftet zu, sie war erleichtert. War es überraschend, dass sie als Erstes einen Schnupperkurs in Forstmanagement buchte, den Thorsten im nördlichen Waldhessen anbot? Sie wollte bei ihm lernen, das Knacken aus dem Inneren der Bäume zu hören, diesen stummen Hilferuf, bevor sie brachen und fielen, sie glaubte jetzt zu wissen, was Thorsten meinte.

Aber dann ging etwas schief.

Nur wenige Tage vor einer Urlaubsreise nach Mallorca, die sie zum Beweis ihres Vertrauens in den stabilen Leidensprozess der anderen allein antreten wollte, verließ ihr Mann sie. Er war ohnehin ein Hallodri, wenn auch mit Geld, sie würde es ohne ihn schaffen. Sie trauerte ihm nicht nach, er schrieb später aus Positano. Noch in der gleichen Nacht, als hätten sich alle gegen sie verschworen, brannten die beiden älteren Töchter mit ihren Freunden, langhaarigen

Praktikanten, durch. Während der eiligen Suchaktion, die zunächst ohne Erfolg blieb, erreichte sie eine neue Hiobsbotschaft. Ihre jüngste Tochter musste mit einer besorgniserregenden Medikamentenvergiftung auf die Intensivstation eingeliefert werden. Als der Sanitätswagen sie mit Blaulicht ins Kreiskrankenhaus gefahren hatte, ein Häufchen Elend inmitten von Ausgespieenem, beschloss Anika, die Urlaubsreise nach Mallorca nicht anzutreten. Ohnehin war sie zu müde. Der abgeschnittene Stumpf der Eiche drängte sich vor ihr inneres Auge, etwas Rohes, Barbarisches, das der Baumfäller im Gartenidyll hinterlassen hatte. Sie gab ihm eine gewisse Mitschuld, versuchte, ihn anzurufen, aber Thorsten befand sich auf einer Fortbildung fürs höhere Forstmanagement.

Sie blieb im Kreiskrankenhaus, wartete auf die Ärzte. Sie musste das alles erst mal auf sich einwirken lassen.

BRIEF AN EINEN IMAGINÄREN FREUND

Ich glaube nicht, dass unsere Freundschaft diese Krise übersteht. Das ist ja wie ein Abgrund. Alles stürzt hinein. Alles! Und wir müssen aufpassen, was da im gleichen Moment in uns auftaucht. Darüber gibt es noch keine Auskünfte.

Jetzt fängt der Wind wieder an. Es ist Ende März, und der Wind legt wieder los! Und die Kälte gesellt sich dazu. Die Hoffnung bleibt, dass damit auch die Seuche verschwindet, denn wir haben gelernt, dass der Virus mit schwülem, fiebrigem Wetter einhergeht. Aber stimmt das wirklich?

Wir haben auch gelernt, dass wir selbst nicht betroffen sind. Um uns herum geht alles zu Boden, nur wir bleiben aufrecht stehen. Und wir verlieren nicht diese Haltung, der Aufrechten, der Überlegenen, der Helfenden.

Ich sehe aber, dass wir selbst Hilfe benötigen. Wir sind selbst zu schwach, zu ängstlich, und in uns sinkt der Mut. Davor müssen wir uns schützen. Sonst gleiten wir ab in tiefe Regionen, und wir sind ausgeliefert dem gehässigen Dämon, der gegen die Anderen hetzt. Jetzt zeigt es sich, ob wir dem widerstehen können.

Ich sprach neulich mit dem Freund darüber. Ich spürte dabei diese Bereitschaft, das Gegenüber überhaupt anzuerkennen und es unbeschädigt zu lassen. Das ist kostbar und vergeht nicht. Alles an Äußerlichkeiten bröckelt ab, und was dann bleibt, das wird uns retten.

Warum also diese Angst, unsere Freundschaft könnte die Krise nicht überstehen?

Es hat mit Resignation zu tun. So lange hat man standgehalten, weil es immer etwas Schönes gab. Es gab immer etwas, das uns sagte: wir hier im Leben sind doch beschenkt und behütet. Und das war tatsächlich jeden Tag nachprüfbar.

Aber nun geht es uns wie den Häftlingen. Sie wachen morgens auf und sehen sich gefangen in einem Loch, das gerade ein bisschen erhellt ist. Dort verbringen sie den ganzen Tag. Abends legen sie sich wieder auf die Pritsche, fallen in einen quälenden Halbschlaf, aus dem sie morgens erschreckt erwachen und starren gegen die Wände. Sie wissen, daran ändert sich nie mehr etwas. Nie mehr!

Ich habe nicht verstanden, wie ein Mensch das ertragen kann. Vielleicht nur, weil ihm die Mittel zum Auslöschen fehlen. Das allerletzte Mittel, sich selbst umzubringen, ist ihm durch sorgfältige Kontrolle aus der Hand geschlagen.

Wir dürfen es soweit nicht kommen lassen. Wir sind nicht frei, aber wir leben außerhalb des Loches. Wir können noch fliehen.

Deshalb hilft kein Jammern. Selbstmitleid ist unangebracht. Und Selbstaufgabe lächerlich. Wir besitzen einen Schatz, der glitzert und funkelt. Es sind Gefühle für den Anderen. Solange wir diesen Schatz besitzen, kann uns nichts geschehen.

Aber wenn der Tag kommt, an dem wir daran zweifeln. Wenn der Tag kommt, an dem der Wind es nicht mehr schafft, die Ausdünstungen zu vertreiben, und wir allmählich ersticken, dann sterben auch die Freundschaften.

Noch wächst die Seuche, und die Angst nimmt zu. Aber wir ahnen doch, dass alles vorbeigeht. Wir können uns darauf verlassen, es war bisher immer so!

Und danach werden wir Bilanz ziehen. Und, mein Freund, ich hoffe so sehr, dass wir uns nicht schämen müssen.

DIE LESUNG

Man hätte die kleine Frau übersehen können, aber sie redete zu laut. Ihre Wangen wie Malven geschminkt, die Augen als Medaillons eingerahmt, die Lippen zum Kuss geschminkt. Sie hob die Arme bei jedem Satz, ihre Interpunktion. Alle lauschten ihr. Als er an ihr vorbei wollte, blickte sie ihn an, als befänden sie sich im Dialog.

„Die Herrschaft der Männer über die Frauen besteht im Kindbett!"

Ein wahrer Satz, dachte er und strebte dem Fenster zu, hinter dem sich draußen eine Schneelandschaft öffnete. Darüber lag eine gleißende Sonne. Auf dem Weiher vor der Pyramide, die das Grabmal eines jung verstorbenen Fürsten symbolisierte, drehten Schlittschuhläufer ihre kratzenden Runden.

Die Lesung war beendet. Die kleine Frau war unter den Zuhörern gewesen. Die Männer hatten zum Thema dauerhaft genickt, um ihre unvermeidliche Müdigkeit abzuwehren, die Frauen lachten so anhaltend, als hätten sie mehr Eintritt gezahlt. Hier war der Ort. Hier wurde der Kampf der Geschlechter durch die Schönheit der Sprache geadelt. Es gab Tee und Gebäck.

Sehr anregend war es gewesen, auch er hatte sich amüsiert. Wenn lange zurückliegende Geschichten erzählt werden, dann ist die Zustimmung nur ein Spiel. Man begegnete sich auf freiem Feld unter einem weiten Himmel, sie alle nur Flaneure, man konnte lachen, auch wenn man anderer Meinung war. Der Musiker verzog das Gesicht, sein Klang gewordener Ausdruck, und er beugte sich über seine Gitarrensaiten, als wolle er sie verzehren. Draußen glitten Familien auf einem Sonntagsausflug vorbei.

Solche Räume brauchte man. Und solche Themen. Jeder. Es war neutrales Gelände zwischen den Geschlechtern. Jede Seite holte hier Luft und schöpfte Kraft. Es waren keine Angriffe zu befürchten. Es war nur Spiel mit einem vorher festgelegten Ende, eine Kunstanstrengung, der man sich aussetzte, anstatt untergehakt in den Sonnentag hineinzugehen. Der Eintritt betrug fünf Euro. Der Musiker hatte aufgehört zu spielen, er ließ seine Hand auffahren, als zeichne er eine Note nach, eine segnenden Geste.

An den Vortrag der Referentin erinnerte er sich gern. Die Schauspielerin besaß eine sanfte, schöne Stimme, und er hätte ihr mühelos den ganzen Tag lang gelauscht. Ihr Gesicht blieb entspannt; als sie den Saal betrat, hatte sie ihm die eiskalten Hände auf die Wangen gelegt, eine freundschaftliche Geste, die ihm viel bedeutete. Ihr Partner, der sie begleitete, kam aus der Schweiz, er machte nicht viel her damit, aber wenn er sprach, glänzten seine braunen Augen, als stünde er auf dem Matterhorn. Sie bildeten ein treues Paar, ein Vorbild für die ganze Partygemeinde, die auf ständigen Austausch der Partner Wert legte. Deshalb auch dieses Thema. Es ging um eine alternde Frau, deren Liebhaber, ein berühmter Dichter, sie gerade verlassen hatte. Sie vernichtete ihn mit Worten, aber jedes Geräusch, das an den Postboten erinnerte, der einen Brief von ihm bringen konnte, elektrisierte sie. Die Frau, das liebende Beständige, „wir müssen lieben, weil wir nicht siegen dürfen." Der Mann, das wildernde Ungeheuer, „ich bin kein Tier, ich bin kein Mann, ich bin Göthen."

Draußen glitten weiterhin fröhliche Rudel von Familien vorbei, als kannten sie dieses Thema nicht. Leise plätscherte der Tee in die Gläser. Ein Knacken von Keksen. Das Gebäck klebte auf der Schokoladenseite leicht an den Fingern. Sanfte Stimme, gezupfte Musik.

Als die Vorleserin das letzte Wort ausgesprochen hatte, es bestand aus der Wiederholung eines anderen Wortes, es hatte mit Abschied zu tun, herrschte Schweigen. Solche großen Momente waren es, die ihn einnahmen. Es war nicht einmal das Schweigen an sich, das ihn verzauberte. Es war der Herzschlag, der zugleich in allen Herzen schlug. Ein Einklang wie das sanfte Anschlagen einer Glocke. Ein dumpfer und zugleich aufmunternder Ton in der Gewissheit des gleichen Schicksals. Ein Glücksmoment, zerstört, wenn der Applaus beginnt. Der Applaus bedeutet, dass jeder Zuhörer sich erneut daran macht, seine Waffen einzusammeln. Dann beginnt die nächste Finte, die nächste Attacke.

„Damit versuchen sie, uns unter Kontrolle zu halten! Aber das ist endgültig vorbei!"

Er erschrak und kam in die Gegenwart zurück. Die kleine Frau hatte ihren Zuhörerkreis eher noch erweitern können. Sie schien auch gewachsen zu sein. Hatte sie vergessen, dass sie gerade eine Geschichte gehört hatte, in der eine verlassene Frau darüber klagte, von ihrem Geliebten nicht ins Kindbett geworfen worden zu sein?

Wieder nickten die Männer eifrig, einige hatten bereits die Mäntel halb übergeworfen, wagten es aber nicht, sich wirklich zum Gehen fertig zu machen. Ihre Frauen machten keine Anstalten, das Zeichen dafür zu geben. Also lauschte man der Rednerin. Aber sie hatte ausgerechnet in diesem Moment wohl eine Offenbarung, oder die Kehle war ausgetrocknet. Sie schwieg auf Dauer. Augenblicklich schloss sich der Kreis der Zuhörer um sie und verschluckte sie. Aus der Mitte kam kein Geräusch mehr.

Er kannte das. Er wusste, so endete das immer.

Mit einem Gefühl der Dankbarkeit ging er zu seiner Lebensgefährtin, die im Gespräch mit der Vorleserin vertieft war. Sie würden gemeinsam hinausgehen. Ein Spaziergang in der Mittagssonne, deren strahlendes Licht über der verschneiten Winterlandschaft lag. Sie würden immer die Weite vor Augen haben.

DIE PRÜFUNG

Ich öffnete die mächtige Glastür und ging hinein. Warme Luft empfing mich, ein anderer Geruch. Dies war eine durchaus fremde Welt. Hinter mir fiel die Tür laut ins Schloss. Ich blickte mich um, hier drinnen war niemand.

An einen solchen Anblick muss man sich erst gewöhnen. Ich machte ein paar Schritte, der Boden wurde abschüssig, aber die wirklichen Gefahren lauerten später. Im Moment war ich froh, der Kälte entkommen zu sein.

Warum meine Frau beschlossen hatte mich zu verlassen, war mir unklar. Im Geschrei gehen die Gründe oft unter. Aber ihr Entschluss war unverrückbar. Jedenfalls hatte sie mir vorgeworfen, ich wagte nichts, ich bewegte mich nicht mehr, ich sei wie tot. Das kann schon sein. Denn muss man nicht wirklich sehr vorsichtig durch das Leben gehen? Ist nicht jeder Schritt voller Gefahren und muss gut überlegt sein? Kann nicht unter jeder Pfütze ein Abgrund lauern und hinter jedem Strauch ein Untier? Und sind wir dann wirklich gerüstet?

Ich wagte mich tiefer in das Gebäude hinein. Von oben fiel Sonnenlicht durch das Glasdach, alles schien sehr hoch, ich konnte die Abmessungen nicht richtig erkennen. Der Geruch wurde stärker, immer weniger erinnerte ich mich an die Orte, von denen ich kam, ich ignorierte die Hinweise, die ein Weitergehen bedenklich machten.

Hinter mir brachen alle Brücken zusammen. Aber das hatte ich ja gewollt. Um meine Frau zurückzugewinnen, war ich bereit, mich diesen Dingen zu stellen. Sie sollte sehen, wie lebendig ich war!

Natürlich hatte ich den Eintritt gezahlt, so wie alle anderen. Wer unterstützt nicht von Herzen eine solche Oase mitten in der Stadt, in der die Bewohner zu sich selbst finden können, inmitten von ausgedehnten Wiesen, von Hainen, die Dichtern gewidmet sind, von verschwiegenen Plätzen, an denen sich das Kleintier versteckt, von Seen, die unter Bambuswäldern schimmern. Und dann erst diese Hallen mit ihrer Pracht von Glas und Beton, Säle inmitten der Wildnis, die sich endlos erstrecken und ihre geheimnisvollen Landschaften erst dem offenbaren, der sich mit Todesmut auf sie einlässt.

Ich erreichte die erste Barriere. Ich sah die Riesen, die sich emporreckten und ihre Krallen in das Hallendach schlugen. Es ging immer höher hinauf, bis in Schwindel erregende Dimensionen, schon senkte sich der Himmel herab und verschmolz mit der künstlichen Landschaft. Ich stand im Freien.

Ich überlegte, ob ich meiner Frau wirklich ein Versprechen gegeben hatte. Jedenfalls ertrug ich eines Tages ihre Blicke nicht mehr, diese Stummheit, wenn sie sich enttäuscht abwendete. Eine solche Einsamkeit ist nicht zu ertragen. Man ist nur wegen eines einzigen anderen Menschen auf der Welt und spürt, wie er sich langsam davonmacht. Wie er nach einem anderen Rettungsanker greift. Und man versinkt.

Nein, das durfte nicht geschehen. Ich musste diese Prüfung überleben. Wenn ich zurückkehrte, hielt ich den Beweis in Händen, dass ich fähig war, ihre Erwartungen zu erfüllen. Wir würden uns berühren. Alles würde sein wie früher, als ein einziger Kuss genügte.

Meine Füße tasteten über weicher werdenden Untergrund. Eine Art Treibsand. Ich überließ mich der Bewegung, so ging alles leichter. Wer sich gegen das Notwendige stemmt, hat schon verloren. Der Weg führte mitten hinein in die grüne Hölle, an deren Anfang harmlose Kakteen standen, größer als ich, aber friedfertig, dahinter bäumten sich andere Kaliber auf, dann die Riesen. Hinter mir schloss sich die Wand der Vegetation mit bizarrsten Formen. Vor mir gab es jetzt keinen Weg mehr, nur das dicht zusammenrückende Grün.

Ich besaß keine Waffen, meine Hände mussten genügen. Ich habe nie die nötigen Waffen besessen, vielleicht aus Phantasielosigkeit, vielleicht aus Lebensüberdruss. Oft habe ich dafür bezahlen müssen, dass ich die Gegner unterschätzte. Aber ich stand immer wieder auf, das muss ich sagen, ich gab niemals klein bei. Das hat selbst sie anerkannt, mit einem Tonfall, aus dem Stolz heraushören zu dürfen ich geradezu betete. Es war aber nur für den Moment dahingesagt.

Hinter mir eine Bewegung, wie ein Sog, als würden Kammern geöffnet. Hier begann also die gefährliche Zone, die wahre Finsternis.

Längst gab es für mich kein Zurück mehr. Als dieser Gedanke in aller Klarheit von mir Besitz ergriff, packte mich etwas. Ich erschrak natürlich, hob den Arm, etwas wand sich darum. Es gelang mir nicht, die Schlange abzuschütteln, sie hatte sich blitzschnell um den Arm gewickelt, umfing ihn wie eine Spirale, wie ein Schutz. Wenn das Untier giftig war, konnte mein Abenteuer schon hier zu Ende sein. Aber ich wusste, das war erst der Anfang, also vergaß ich meinen kalten Gast und ging einfach weiter.

Vor mir wartete eine Art Canyon, tief eingeschnitten in die grüne Landschaft, unten schäumten Katarakte, wie sollte ich da hinüberkommen! Kaum hatte ich resigniert, ergriffen mich die Krallen eines Raubvogels, den nur groß zu nennen lächerlich gewesen wäre. Er trug mich mühelos hinüber. Aber am anderen Ufer der Schlucht, ließ er mich nicht frei. Er schleppte mich in die Höhe eines Baumriesen, ich landete unsanft in einem tellerförmigen Nest, ich sollte ihre Mahlzeit sein. Drei weiß gefiederte Jungtiere mit verklebten Augen schnappten nach mir, ihre Schnäbel nach Art von Türkendolchen schlugen in meine Hände. Einem gelang es, die Schlange von meinem Arm zu reißen, gemeinsam verzehrte die Brut sie. Der Elternvogel war schon davongeflogen, auf der Jagd nach neuer Beute. Ich warf die Jungvögel aus dem Nest, einen nach dem anderen, sie konnten noch nicht fliegen.

Als ich den Baumstamm hinabgeklettert war, versank ich im Untergrund. Im Nu war ich bis zum Hals in dem stinkenden, schwarzen Moor, das unabsehbar war, sogar noch zu wachsen schien, es stieß an den Horizont. Ich hätte mir Schwimmhäute gewünscht oder

Flügel. Mir wuchs nichts dergleichen, und ich war der Seekuh dankbar, die aus der Tiefe eines Tümpels heraufstieß, um Luft zu schnappen, sie trug mich auf ihrem Rücken ans Ufer. Als sie mich dort zu Boden schüttelte, flog hoch über mir der Raubvogel in Richtung des verwaisten Nestes, sein Schatten streifte mich. Erst jetzt fiel mir auf, wie sehr die Sonne brannte. Ich musste im Bereich der Savannen sein, eine besonders abgelegene Abteilung der Ausstellung, zu der nur Lebensmüde Zutritt hatten. Ich kam auf die Füße und taumelte weiter. Durst und Hitze schlugen mich nach einer Weile zu Boden. Ich sehnte mich nach meiner Frau und den Kindern, selbst ihre gefühlslose Kälte schien mir erstrebenswerter als diese gnadenlose Landschaft.

Ob meine Frau mich inzwischen suchte? Ich war klar über der Zeit. Das war sie nicht gewohnt, denn ich hielt mich streng an Pünktlichkeit. Sie würde sich vielleicht Sorgen machen? Nein, nicht sie! Vielleicht merkte sie nicht einmal, dass aus meiner Ecke kein Laut kam.

Die schweren Etappen lagen noch vor mir. Hier, wo die Vegetationszonen dicht zusammenstanden, begann der Busch. Ich hob die Arme und schlug auf die Schlingpflanzen ein, als besäße ich eine Machete. Ich musste mich bücken, um hindurchzuschlüpfen. Jetzt begann das, was man das Tropicarium nennt. Schon sprang etwas an meinen Hals, es drückte mich fast zu Boden. Ein stechender Schmerz zeigte mir, dass ich nicht träumte. Ich schüttelte den fremden Gast ab, er biss mir ins Bein. Ich trat nach ihm, konnte nicht erkennen, was es war, durch die Wipfel der Baumriesen fiel kein Licht, ich hörte ein Wischen, das sich entfernte. Es war stickig hier. Die Luft war schwer wie Wasser in der Tiefe eines Sees. Ich rang um Fassung. Aber ich musste weiter.

Wenn ein Sonnenstrahl von oben einfiel, nahm ich die Bestände dieser Tropen war. Einfachblütige Arten neben Fleischfressern, Parasiten, wahre Monster an Missbildungen, wie man sie nicht einmal von Bildern her kannte, standen neben leuchtenden Orchideen, Azaleen, Rhododendren – unabsehbare Gärten! Und Bilder aus Tausenden von Glühwürmchen illuminierten meinen Weg, auf dem zu gehen schon bald einem Delirium glich. Erst ein Feuerwerk von Düften, das in meinem Kopf explodierte, zwang mich stillzustehen. Es war schön. Und das zeigte mir, dass die wirkliche Prüfung noch gar nicht begonnen hatte.

Ich torkelte weiter durch Nebelwüsten und Pelargonienbeete, tauchte durch Staudendickichte und Sukkulengärten, war mitten in undurchschaubaren Gehölzen. Und dann warteten die Tiere auf mich.

Wer kennt schon das Bestiarium unserer Regionen!

Die größte Herausforderung waren die Angriffe der Echsen. Sie schnellten hinter Sumpfblüten hervor, manche konnten durchaus fliegen. Sie verbissen sich in einer Art und Weise, die mich traurig stimmte. Es war Wut, schiere Wut, mit der sie sich auf mich stürzten. Dieser deprimierenden Einsicht konnte ich nicht entgehen. Ich schlug um mich, mit meinen armseligen Mitteln kämpfte ich mich weiter. Schon spürte ich, wie das Blut aus unzähligen Wunden aus mir herauslief.

Dann folgten die Raubkatzen. Die Dickhäuter. Die tausend missgünstigen Affen mit ihren Gesichtern, die mir in meinem Alltag Vertrauen eingeflößt hätten, aber hier waren sie losgelassen. Ich ertrug alles, die Vögel, die Reptilien, das giftige Gewürm. Ich musste zu meinem Auftrag stehen. Am Ende lauerten die Bestien, die einen Menschen komplett verdauen und verschwinden lassen, als hätte es ihn nie gegeben.

Als wäre das alles noch nicht schlimm genug, bildete die mich umgebende Landschaft einen so trostlosen Anblick, waren ihre Ausdünstungen so Ekel erregend, der Himmel aufgewühlt wie eine Fratze, der einsetzende Sturm so heftig, dass ich mich nicht mehr auf den Beinen halten konnte.

Laub fiel auf mich, in immer größeren Mengen, schon war ich beinahe begraben. Die Landschaft begann, mich zu verschlingen.

Bisher hatte ich mich gut gehalten. Aber jetzt ergriff mich doch Panik, ich kannte ja die Erzählungen, die davon berichten, wie sich Menschen in der zweiten Wirklichkeit verlieren können, wie sie verloren gehen in den Tiefen des eingebildeten Raumes. Dasselbe würde jetzt mit mir geschehen. Ich würde eingehen in die Weiten der künstlichen Zonen, einfach verloren gehen.

Mit diesem Risiko hatte ich gespielt, um meiner Frau unter die Augen treten zu können, jetzt geschah das alles. Ich fühlte zum ersten Mal die Bitterkeit dieser Zumutung. Ein Gefühl sagte mir, mich endlich dagegen zu verwehren!

Im gleichen Augenblick gerieten die Landschaften vor mir in Bewegung. Sie verloren ihren Umriss, dann ihre Farben, wurden durchsichtig, alles schmolz zusammen, wie gerinnendes Metall, das die Hitze verlässt. Die Ausmaße gingen gänzlich verloren.

Ich atmete auf, denn ich sah, dass ich in einer Ausstellungshalle stand. Vor mir die Pflanzen der tropischen Zonen, über mir das gläserne Hallendach. Aus der Ferne rief eine Frauenstimme, dass man jetzt schließe. Ich versicherte mich der Unversehrtheit aller meiner Glieder und lief zum Ausgang.

Dort angekommen, konnte ich mich beglückwünschen. Ich wollte nur schnell fort. Nachhause! Aber was machte ich falsch? Zeigte ich am Ende doch jene Schwäche, die man mir unterstellt hatte? Jedenfalls vergaß ich in der Eile, die Tür zur Halle der Tropen zu schließen. Ein vergessenes Exemplar aus dem Bestiarium, das nun seinen Platz zwischen seiner eigenen Welt und der meinen nicht mehr fand, sprang mir nach. Ich konnte es nicht erkennen, vielleicht existierte es auch nur aus meiner Einbildung, weil ich fürchtete, dass meine Ergebnisse nicht überzeugend waren. Aber ich hörte ein Grollen hinter mir. Etwas ging mir nach.

Ich rief in Richtung der Drehkreuze, dass ich unverzüglich käme.

Und ich hoffte, dass ich die Wahrheit sagte.

IM GELÄNDE

Am Abend, mitten im Bahnhofsviertel, stieß ich mit dem Inder zusammen. An normalen Tagen wäre mir das nicht passiert. Aber ich war plötzlich empfänglich für Rücksichten, das ärgerte mich gewaltig. Ich wollte den Mann in das Geschäft gehen lassen, in dem seine Sippschaft gestikulierend wartete. Ich blieb stehen, winkte ihn durch, aber er blickte mich nur unterwürfig an. Ich geriet einen Moment, wider meine Gewohnheit, in eine weiche Stimmung, vielleicht durch die Anwesenheit der Streetworkerin, die uns alles mit einem übertriebenen Verständnis für den Abschaum auf der Straße erklärt hatte. Ich zögerte. Ich bemühte mich sogar um ein Lächeln. Der Inder wollte sich nicht rühren, er beharrte auf mein Vorrecht, auf dem heimischen Pflaster voranzugehen. Doch ich blieb jetzt hart. Wenn ich jemandem den Vortritt lasse, dann bleibt es dabei. Und außerdem konnte ich der Streetworkerin gegenüber, in deren blauen Augen die ganze Szenerie um uns wie in einer sanften Meeresdünung wogte, Punkte sammeln. Ich nahm Haltung an, winkte den Inder durch, er dienerte, auch sein jüngerer Begleiter dienerte jetzt, von der Kneipe her dienerte die Sippschaft. Ich winkte ungeduldiger, es dauerte jetzt schon viel zu lange. Die Streetworkerin fing zu lächeln an, selbst meine Begleiterin Angela aus der gleichen Abteilung, die mich zu dem Spaziergang ermuntert hatte, sah mich an, als erkenne sie mich nicht wieder. Ich wollte den Inder packen und an mir vorbeistoßen, er sollte die Güte des Einheimischen endlich begreifen. Er rührte sich nicht, grinste nur schuldbewusst. Dann wurde es mir zu dumm. Ich ging schnell weiter. Doch jetzt setzte sich auch der Begleiter des Inders in Bewegung und zog den anderen mit sich, nach meinem ersten großen Schritt stießen wir zusammen. Der Inder war weich und roch nach Schweiß. Er taumelte, stürzte gar zu Boden. Ich wollte die Sache jetzt schnell hinter mich bringen. Ich zog Angela mit mir ohne auch nur noch einen Seitenblick zu verschwenden. Die Streetworkerin folgte uns, einen Bogen schlagend. Vom Restaurant her entstand großes Palaver.

Auf diesen ganzen Unsinn habe ich mich nur eingelassen, weil sich die Krise verschärfte und die Geschäftsführung uns riet, einmal die Hochhausgärten im 45. Stockwerk unserer Bank zu verlassen und ins Gelände zu gehen. Wir sollten uns sehen lassen, zeigen, dass wir nicht anders sind als sie. Wie anders sind wir in Wahrheit, die wir von oben herabblicken. Denn was wir unter uns sehen, ist das sinnlose Hin und Her einer Masse, die nicht vorankommen will.

Am Anfang der Führung, wir kamen von der Konstablerwache her und standen auf der Einkaufsmeile, schon nahe der Hauptwache, war ich, und ich glaube sagen zu dürfen auch Angela, die dem Zentralen Stab von Credit Risk and Economic Capital Control vorsteht, amüsiert. Kalt und amüsiert. Wie soll man sich sonst wappnen, gegen diesen Strom des Materials, der die Einkaufsmeile herauf- und herunterzieht? Wir flüsterten miteinander. Angela und ich, obwohl Kollegen und in der Rangordnung durchaus nicht auf gleicher Ebene, verstanden uns gut. Sie legt immer den Kopf schief und schaut mich mit großen Augen an, wenn ich spreche, so als wolle sie nicht das geringste Satzzeichen meiner Rede verpassen. Ich glaube, sie mag mich. Das bleibt mir nicht verborgen. Und das ist auch gerechtfertigt, denn ich schreibe in der Abteilung die besten Zahlen. Beim Investment sogar die besten in der ganzen Bank. Angela und ich verständigten uns darüber, dass wir nach dieser Führung auf die Dachterrasse des Hochhauses zurückkehren wollten, einen Sundowner im hohen Glas, den Sonnenuntergang über dem Taunus vor Augen, die Stille der großen Räume hinter uns.

Deshalb trieben wir die Streetworkerin an, die uns zugeteilt worden war. Doch diese Frau, die vor Verständnis für alles, was sie umgab, zerfloss, die in den sanften Bewegungen ihrer Blicke, ihrer Hände, ihrer Körperbewegungen vollständig zu Hause schien im Gelände, blieb lange stehen. Sie erzählte Geschichten. Von einer jungen Frau, die auf der Flucht vor ihrem gewalttätigen Freund seit zwei Jahren freiwillig in einem Kellerloch hauste. Von einem jungen Belgier, den man bewusstlos auf den Gleisen des Hauptbahnhofs fand, in den verkrampften Händen ein Fresspaket mit bayrischen Wurstwaren. Vom Busbahnhof an der Südseite des Bahnhofs, wo an der illegalen Haltestelle in mancher Nacht einhundert Reisebusse aus ganz Europa ankommen und die Reisenden keine Toilette vorfinden, weil angeblich die zuständige Bahn AG die

Kosten dafür verweigert und in der Bahnhofsmission zwar eine Gebetsnische für alle Religionen da ist, aber kein Geld für die Reinigung des Aborts. Das scheint mir gelogen zu sein, denn ich weiß, dass die Bahn gerade mit viel Bonität und Portefeuille an die Börse drängt.

Aber dennoch, obwohl ich gewappnet war, ich sage es nicht gern, plötzlich überfiel mich eine seltsame Stimmung. Ich konnte mich dagegen gar nicht wehren.

Wir standen kurz vor der Hauptwache. Angela deutete amüsiert auf das Bronzedenkmal des Goliath vor dem Kaufhof, zu dessen Füßen sich eine mehrköpfige, dunkelhäutige Familie niedergelassen hatte, wuselnde Kinder, alles blödsinnig ärmlich.

-Und sie sagte plötzlich: Vielleicht sind diese Menschen froh, hier bei uns zu sein, auch wenn sie betteln müssen und vielleicht auf der Straße leben, weil sie da, wo sie herkommen, mit dem Tod bedroht werden.

Ich wollte davon gar nichts hören, sah die Sippe am Denkmal, bettelnde Kinder, mein Blick schweifte weiter zu den Türmen unserer Banken, eine wahre Kulisse von Werten.

Und doch, plötzlich, veränderte sich meine Wahrnehmung. Während die Streetworkerin sprach, ihre weiche Stimme mich einlullte, Angela den Kopf schief legte, um jedes ihrer Worte genau zu verstehen, plötzlich glaubte ich, ein anderes Leben unter dem gewohnten zu sehen. Und ich erschrak. Gleichzeitig blieb ich neugierig und überließ mich einen Moment lang diesem Gefühl, an einem ganz und gar fremden Ort zu sein.

Normalerweise bin ich gewohnt, wenn ich schon mal im Gelände sein muss, mit festen Prinzipien und gesundem Hass hindurchzumarschieren. Die Gedanken auf Zahlenreihen und Risiken gerichtet. Plötzlich hatte ich das Gefühl, alles um mich löse sich wie in einem impressionistischen Gemälde auf. Farben schwammen herauf wie in Gefäßen, die mit Wasser gefüllt sind, aus den vier Himmelsrichtungen spielte Musik, die immer eindringlicher wurde. Und dann die Menschen! Ein Zug, aber nicht der Masse, sondern von Individuen. Ich nahm Einzelne wahr! Sie warteten ab, sie lauerten, sie suchten ihre Spur. Und jeder, so seltsam das klingen mag, hatte sein eigenes Gesicht. Keiner glich dem anderen. Jeder schien mit einem schwerwiegenden Problem beschäftigt zu sein. Ich konnte die Schlieren ihrer Gefühle förmlich riechen, zumindest sah ich sie, wie auf einem mit langer Brennweite fotografierten Nachtporträt der Stadt, wenn farbige Lichter ihre Spur hinterlassen. Ich sah ihnen zum ersten Mal in die Augen. Überzeugen wollten mich diese Menschen nicht. Nicht mit Programmen, nicht mit Botschaften, nicht mit Zahlenreihen. Aber sie gingen sämtlich an mir vorbei mit dem wissenden Ausdruck im gefassten Gesicht, dass sie wichtig seien.

-Was ist mit dir, warum taumelst du, hörte ich Angela fragen.

-Es ist nichts, sagte ich.

Die Streetworkerin wurde gerade von einem Mädchen mit wilden Augen belagert, danach erzählte sie uns die Geschichte der blutjungen Schizoiden, deren Seele vielfach zerbrochen war, wie ein Spiegel, in den jemand geschlagen hatte.

-Gehen wir endlich weiter, sagte ich. Aber ich konnte mich selbst nicht rühren. Ich musste gegen die Brise ankämpfen, die plötzlich über die abgedunkelte Wabenfensterfläche der Dachlofts an der Ecke Kalbächergasse und Rathenauplatz kam, von dort her, wo noch vor ein paar Jahren die uneinnehmbare Filiale der konkurrierenden Lehman Brothers gestanden hatte.

Ein warmer Wind, beinahe heiß an diesem Frühsommerabend, ein nach Weite und Meer duftender Hauch, und es wurde noch schwerer, vorwärtszugehen. Ich muss wohl einen seltsamen Laut ausgestoßen haben, denn sowohl Angela als auch die Streetworkerin blickten mich besorgt an.

Endlich schüttelte ich diese lähmende Stimmung des Gemüts ab und sah wieder klarer. Die Konturen kehrten zurück. Die Hitze verflog. Wir gingen weiter.

Kurze Zeit später stieß ich mit dem Inder zusammen.

ALLES BIO

Im Muhen der Kühe wollte sie streng von mir wissen, warum ich den Bio-Müll noch nicht entsorgt hatte. Während ich stumm nachgab und mir den Abfallbehälter griff, flogen die Kampfjets des nahen Truppenübungsplatzes eine Manöver-Attacke über unseren Garten; gleichzeitig schloss der Bewohner direkt über uns so geräuschvoll, wie es ihm möglich war, die Fenster. Wir sprachen wohl zu laut, duckten uns und verließen, kaum waren wir aus der Enge unserer dunklen Stuben hinausgetreten, den Platz am Eingang zu unserem Fachwerkhaus, um uns hinter die Gemüsebeete zurückzuziehen. Hier nimmt man aufeinander Rücksicht. Das wird rücksichtslos eingeklagt.

Die Kampfjets verloren sich in der Weite des blauen Himmels, sie waren gerüstet für ferne Kriege. Auch wir waren gerüstet für unsere kleinen Kriege am Ort. Es war Sommer, alle Blumen blühten. Und mit den Rosen blühten auch die Neurosen.

Meine Freundin hatte schon am Tag zuvor darauf hingewiesen.

-In diesen Zeiten, sagte sie, pocht jeder doppelt selbstsüchtig auf seinen Rechten. Du sowieso, aber auch die anderen.

-Es wird eben eng, sagte ich. Siehst du nicht, wie die Wände allmählich zusammenrücken? Wir müssen uns dagegen stemmen. Wir müssen für alles gewappnet sein.

Auf dem Land sind wir im Sommer recht angespannt.

Noch im Frühjahr waren wir heiter, alles schien möglich. Aber jetzt steht die Seuche über uns, und auch die Kampfjets vertreiben sie nicht, und der Herbst wird kommen mit seinen Attacken aus der Luft. Und falls der Bewohner über uns bis dahin seine Fenster wieder geöffnet hat, wird er den Virus hineinlassen. Und im Haus beginnen dann wieder die Scharmützel.

Immerhin kommen wir ganz ohne Waffen aus. Wir lassen die Mentalitäten gegeneinander antreten. Spitzfindigkeiten. Schuldzuweisungen. Kleine Attacken aus dem Hinterhalt. Ganz so, wie es unsere Biografien ermöglichen. Und unsere Katzen legen ihre zerrupften Mäusekadaver so im Halbschatten ab, dass wir sie beim Eintreten nicht gleich sehen und drauf treten. Es fühlt sich weich an, und wenn wir barfuß in den Hausflur getreten sind, fühlt es sich unter der Fußsohle auch warm an. Dann müssen wir natürlich das viele Blut abwaschen.

Es ist alles echt Bio. Die vergifteten Zustände, die mit Geschrei und falschen Wahrheiten inzwischen alles überwuchern, lassen wir draußen. Wir hören nur aus den Medien davon.

Hier sind wir ganz bei uns. Alles geht seinen natürlichen Gang. Deswegen sind meine Freundin und ich aus der Stadt aufs Land geflüchtet.

GLÜCKLICH SEIN

-Vor ein paar Tagen habe ich meinen Sohn mit dem Pferdestriegel geschlagen, sage ich.

-Seit wann habt ihr Pferde, erwidert Bodo. Darauf musste er unmäßig lachen, mir fiel etwas unpassendes ein, nämlich wie in früheren Adelsgesellschaften die Peinlichkeit des Kloganges durch die Phrase umschrieben wurde, man müsse nach den Pferden sehen. Wie gesagt, das eine hat mit dem anderen überhaupt nichts zu tun. Man ersparte sich damals jedenfalls durch diese Phrase die Vorstellung des Vorganges, wie sich die Menschen aus ihrer umfangreichen Kleidersammlung schälen mussten, um auf dem Plumpsklo ihr Geschäft zu verrichten. Bei den Frauen scheiterte allein das Abputzen an den Drahtkäfigen, über denen die Röcke lagen. Man kam nicht ran. Fiel mir gerade ein und dann muss ich es sagen, sonst erzeugt es in meinem Kopf solche Wirbel ...

Was nun Bodo betrifft, so wollte ich einfach, dass er von seinen verdammten Kochtöpfen aufblickt und ich ihm die Sache erzählen kann. Reden hilft ja oft in solchen Momenten. Seine Antwort machte alles kaputt. Die Sache selbst ist nämlich dramatisch. Ich ärgere mich seit Wochen grün und blau darüber, dass mein Sohn diese Art Musik aufdreht, bis die Wände wackeln. Er weiß genau, wie sehr mich das stört. Aber er ist in der Phase, wo Kinder glauben, sie seien im Widerstand. Da hilft kein Gespräch. Und wenn eine Hand dann ausrutscht, dann ist man allein schuldig.

Das bleibt übrigens ein Leben lang. An diese Szenen erinnert sich das Kind später bei jeder Gelegenheit. Und wenn man einwendet, aber beim Zusammenleben, vor allem in diesen schwierigen Zeiten der Quarantäne, muss eben jeder Rücksicht auf den anderen nehmen, dann erwidern sie: Du hättest mich ja nicht in die Welt setzen müssen, hast du mich etwa gefragt? Das Hammerargument!

Bodo blickt endlich von seinen panierten Tintenfischringen auf. Bevor er sie in Olivenöl brät, wechselt er das Standbein, stützt einen Arm in die Hüfte und wippt wie ein Animiermädchen zu einer inneren Musik.

-Dann sagt er: Mit dem Pferdestriegel also?

-Ja, mit dem Pferdestriegel.

Ich schnappte mir meinen Sohn und versetzte ihm drei gezielte Hiebe, für jedes Stück lauter Musik eines.

-Ins Gesicht?

-Nein, nicht ins Gesicht natürlich, ich will ja nach der Quarantäne keinen Sohn haben, der verunstaltet ist. Harmlos auf die Schulter. Aber er brüllte los, als hätte ich ihm die Hände abgesägt und rannte auf die Straße.

-Es war schönes Wetter, nehme ich an, sagt Bodo und legt jetzt die Tintenfischringe fein säuberlich nebeneinander in die große Pfanne.

Wieder so eine unangemessene Bemerkung! Das ist typisch für ihn. Ich kenne meinen Freund ja nun schon mehr als zwanzig Jahre, und immer bringt er es fertig, mitten in einem wichtigen Thema etwas völlig Unwichtiges einzuflechten. Da ist er ganz groß drin.

Wenn wir beispielsweise über die weltweite Bedrohung durch diese Seuche reden, sagt er plötzlich: sie haben zwischen zwei und drei auf.

Und dann spricht er ohne Interpunktion weiter, wie seine Nachbarin gerade soeben am Virus verreckte. Ich meine, das ist schon unheimlich. Ich stelle mir vor, wie es in seinem Kopf aussieht. Davor muss er doch selber Angst kriegen. Wie in einer übervollen Gerümpelkammer von nicht groß gewordenen Erwachsenen, in der jederzeit alles zusammenstürzen kann. Aber das geht mich nichts an.

-Bodo sagt jetzt: Ich schlage meine Kinder nie, ich halte alles aus.

-Vorbildlich! rufe ich aus, wer möchte dich dafür nicht bewundern, aber deine Kinder sind vielleicht auch gut erzogen.

-Dein Sohn nicht?

-Nach Maßgabe meiner Möglichkeiten schon, erwidere ich, aber das sieht jeder anders.

-Wie ging es weiter, sagt Bodo und sortiert die Tintenfischringe mit dem Pfannenwender aus Holz, dann träufelt er Zitronensaft über den Fisch. Es duftet schon und in diesem Moment steckt meine Frau ihren Kopf durch die Tür. Bodo grüßt sie herzlich. Wir sind ein glückliches Paar.

-Bodo sagt: Sie haben einfach die Läden geschlossen, völlig willkürlich.

-Äh, sagt meine Frau. Sie versteht natürlich nicht, wovon er redet. Ich übrigens auch nicht. Ich umarme meine Frau.

-Wo ist Kevin, frage ich. Sie schaut mich mit dem Gesichtsausdruck einer antiken Theatertragödin an.

-Er hat Schmerzen, sagt sie. Das war schon ziemlich heftig, mein lieber Mann.

Natürlich, das ist jetzt, wo der Duft nach gebratenen Tintenfischringen sich in der Wohnküche ausbreitet, das drängende Thema, aber Streit zwischen uns ist mir immer noch lieber, als strafendes Schweigen, das uns in den Hades versetzt.

-Ja, sage ich, aber er überlebt das, glaube mir, wenn auch knapp, er überlebt es. Und in Zukunft, nach der Scheißkrise, wird er seine Scheißmusik vielleicht leiser stellen.

-Mit Kindern ist man in der Hölle, was, sagt meine Frau und blitzt mich an, du bist so ein ungeduldiger Mensch!

-Wir lösen das Problem, sage ich, wir müssen uns jetzt vor unserem Gastgeber nicht streiten.

-Wo ist deine Familie?, fragt meine Frau, und Bodo deutet mit dem Kinn nach draußen.

-Sie kommen erst am Abend zurück.

-Dann essen nur wir drei, fragt meine Frau, dann hätte ich doch Kevin mitbringen können – obwohl er wäre nicht mitgekommen, er hasst seinen Vater jetzt.

-Das denke ich mir, sage ich und nehme die Weinflasche von Bodo entgegen. Er muss auch keinen Fisch essen, wo er doch die Powerriegel hat.

-Sei nicht gemein, sagt meine Frau.

-Völlig willkürlich, wie übrigens auch die anderen autoritären Ämter in dieser Scheißkrise, sagt Bodo und streut Petersilie über die Fischringe.

In meinem Kopf geht es auch wild herum, wenn man das alles ausdiskutieren würde, da hängt ja so vieles dran! Aber ich schweige.

-Schön, so zusammen zu sein, sagt meine Frau, wenn es auch schade ist, dass ein verletztes Kind Zuhause bleiben muss.

-Na, sage ich, Hauptsache uns schmeckt es.

-Fertig, sagt Bodo, schwenkt die Pfanne und stellt sie auf den Tisch.

Das duftet vielleicht! Ich blinzele erst Bodo, dann meine Frau an. Wir heben die Weingläser und sind glücklich.

UNSER SCHÖNES LEBEN

Wir sahen sie nicht. Aber wir hörten sie.

Zuerst waren ihre Schritte da. Natürlich dämpfte der Lehmboden die Geräusche, aber etwas schlug wie auf ein schwach gespanntes Trommelbecken. Obwohl die Entfernung zwischen Haustür und Garage gering war, für eine der vielen Katzen zehn schnelle, geräuschlose Sätze, schienen sich ihre Schritte zu verselbständigen, wir hörten sie, auch wenn die Person längst wieder im Haus verschwunden war. Dann das Schleifen der Koffer. Dann die Autotüren. Dann die Anweisungen und das Lachen. Alles das wiederholte sich mehrmals. Wir saßen erstarrt da und blickten uns an. Ich beschloss, noch ein paar Minuten zu warten. Dann musste das alles vorbei sein. Und wenn nicht? Was würde ich dann tun?

Wir beherrschten uns. Es war eine Inszenierung. Natürlich wusste jeder der Beteiligten, dass wir hier waren, getarnt vom Jasminbusch, der zu blühen begann, und e r vor allem wusste es, denn wir saßen immer hier. Im Hof entfernten sich die Schritte gerade wieder in Richtung der Kuhställe. Wir atmeten auf. Dann kehrten die Geräusche um und näherten sich wieder. Vom Teich her ertönte nun auch noch das Plätschern, das die Wassermäuse verursachen. Ich blickte auf die Uhr. Schon erhob ich mich. Aber als die Haustür wie endgültig zuschlug, setzte ich mich wieder.

Wie lange ging das nun schon? Gewiss Tage, wahrscheinlich Wochen, vielleicht Monate. Immerhin nicht so lange, wie wir das gemeinsame Grundstück besaßen, aber irgendwann hatte es angefangen. Ich hätte dieses Gespenst von einer Person erwürgen können, aber dafür musste ich in seine Nähe kommen. Und das war unmöglich.

Wieder die Schritte. Die Autotür. Die Koffer. Das Lachen. Der Umriss eines großen, fliegenden Raubvogels schob sich für einen Moment über den Jasmin im Sonnenlicht. Ich erhob mich. Aber meine Frau drückte mich wortlos auf den Sitz zurück. Der Jasmin duftete betörend. Unser Weiler ist im ganzen Land berühmt für seinen Jasmin. Er schickte sich an, Hunderte von weißen Kelchen zu entfalten, kleine Lampenschirme mit gelben Blütenstempeln darin, die unter der warmen Frühsommersonne aufsprangen und leuchteten. Unser Tisch am Teich war üppig gedeckt. Die Katze bekam ihren Teil. Wir hätten sorglos sein können. Aber ein solches Geschehen in unmittelbarer Nähe macht dich krank. Und du rechnest mit dem Schlimmsten.

Ich fühlte mich zuständig, ich musste endlich handeln. Aber eigentlich wäre es die Sache meiner Frau gewesen. Sie war verantwortlich dafür, dass ihr verlassener Liebhaber jetzt allein in seiner Wohnung saß, am Morgen und am Abend seine Fenster aufriss und das Tonband anstellte, damit es den gemeinsamen Hof beschallte, bis das braune Hornvieh im Stall des Nachbarn zu brüllen begann. Es war sein Protest gegen uns. Gegen unser schönes Leben. Gegen sein Alleinsein.

Und ehrlich gesagt, wenn es nicht schlimmer wurde, konnte man ihm die Geräusche ihres Auszuges aus der gemeinsamen Wohnung vor einem Jahr nicht lassen? Es galt uns, gewiss. Aber hatten wir das bisschen Sühne nicht verdient, nach all den Jahren unserer Sünde?

Dieser Ansicht war auch der Pfarrer am letzten Sonntag gewesen. Sicher bereitet er schon seine nächste Strafpredigt gegen uns vor, die Kirchenzucht lebt hier auf dem flachen Land noch. Jetzt beginnen die Kirchenglocken zu läuten. Es geht also auf die Mittagszeit zu. Zeit für uns, den Frühstückstisch abzuräumen und im Wohnzimmer in Erinnerungen zu schwelgen, mit den Fotos, den Souvenirs der gemeinsamen Reisen. Zeit für ihn, die Fenster zu schließen und das Tonband abzustellen. Aber wenn seine Betreuer von der Station in der nahen Kreisstadt, deren Dienstwagen sich jetzt unserem Hof nähert, wieder gegangen sein werden, was dann?

Irgendwann ist niemand mehr bereit, miteinander auszukommen. Dann gelten die Regeln plötzlich nicht mehr. Manchmal genügt ein einziger, blinder Augenblick. Das ist der einzige dunkle Punkt, der mir in unserem schönen Leben Sorgen bereitet.

AM GARTENZAUN

Sie waren wohlhabende Menschen, die sich alles hätten leisten können. Aber es verschaffte ihnen eine zunehmende Befriedigung, genau darauf zu verzichten. Freiwillig lebten sie ein bescheidenes und freudloses Leben. Und in stillen Momenten, spürten sie ihre daraus erwachsene Überlegenheit über all jene, die dem Reichtum mit seinen Freuden nachgaben. Ja, obwohl sie nicht gläubig waren, gelang es ihnen sogar, dieses Gefühl zu einer Art pietistischer Weltsicht zu vervollkommnen. Und eines Tages waren sie so weit, dass sich aus ihrem bescheidenen, wenn auch triumphierenden Verzicht ein krankhafter Geiz entwickelt hatte, der, unabhängig von seinen Wurzeln, ihr Wesen fortan beherrschte.

Der Frühling kam und mit ihm eine Herausforderung, wie sie bisher keine erlebt hatten. In ihrer Kleinstadt fiel über Nacht eine Krankheit ein, die viele erfasste. Sie versuchten, mit allen anderen in Stadt und Land, das Geschehen zu verharmlosen. Jeder besaß seine Gründe, die Gefahr dorthin zu verbannen, wo sie nur die anderen traf. Einige Zeit lang ging das gut. In vereinter Anstrengung – des Verhaltens, des Redens, der Schuldzuweisungen – hielt man die ansteckende Seuche auf Abstand. In ihrer Region besaß die Landwirtschaft einen hohen Stellenwert. Was konnte hier, zwischen Feldern und Wäldern schon passieren? Die Saat ging allmählich auf, die Vögel kamen zurück und trällerten über den Wiesen, die

Bäume wurden grün und ein Ansturm von aufbrechenden Knospen zeigte sich überall, selbst in den kleinsten Vorgärten.

Aber plötzlich schrillten die Sirenen. Die Krankenwagen fuhren die ganze Nacht, Hubschrauber flogen über die Kleinstadt in die nahe Klinik. Die Seuche war explodiert.

Für die Menschen der Region hieß das, sich in ihren Häusern zu verbarrikadieren.

Unser Paar blieb im Haus. Der Vorteil, auf den sie setzten, war, dass sie nun wenig Geld ausgeben mussten. Sie besaßen im Keller ihres kleinen Hauses in der Innenstadt, das sie allein, ohne Kinder und Tiere bewohnten, eine Tiefkühltruhe. Vorratshaltung in Maßen war für sie, trotz ihres Geizes, immer wichtig gewesen. Denn man hatte ihnen eingeschärft, dass es im Leben keine Phase gab, in der man wirklich in Sicherheit war.

Die Krankheit blieb. Sie wuchs zur Pandemie aus. Die Todesfälle nahmen zu. Unser Paar blieb im Haus. Sie rechneten sich aus, was sie an Ausgaben sparten, es war eine hübsche Summe.

Eines Morgens stand ein Mann an ihrem Kleingartenzaun. Sie ernteten gerade den jungen Löwenzahn. Der fremde Mann wirkte abgerissen, aber nicht an seiner Kleidung, die durchaus ordentlich war, er machte eher einen innerlich abgerissenen Eindruck. Er bat sie um Hilfe. Das Krankenhaus war überfüllt, im Moment wurde niemand aufgenommen. Da ihn aber die Seuche mit Fieber, erstickendem Husten und zunehmender Schwäche erfasst hatte, musste er sofort eingeliefert werden. Dafür kam nur eine Notklinik in dreißig Kilometer Entfernung, den Fluss abwärts, in Frage. Der Mann bat unser Paar, ihn mit ihrem kleinen Auto, das er in der offenen Garage gesehen hatte, dorthin zu fahren. Er behauptete, es bestünde höchste Eile, dies sei seine einzige Überlebenschance.

Unser Paar hob verständnisvoll, beinahe segnend die Hände und zog sich zu einer Beratung zurück. Sie hielten bei allen Entscheidungen, die zu treffen waren, eine ausreichende Bedenkzeit für erforderlich. Eine vernünftige Haltung, die Schaden immer in Grenzen gehalten hatte.

Also kehrten sie dem Mann am Gartenzaun den Rücken zu und berieten. Sie führte sogleich ins Feld, dass jedem in Not geholfen werden müsse. Er stimmte zu. Fügte dann aber an, dass man auch im Notfall das Für und Wider abzuwägen habe. Das hatte er im Polizeidienst gelernt. Diesmal stimmte sie zu, denn als Laborassistentin war sie daran gewöhnt, die Ergebnisse nüchtern zu betrachten. Es sind dreißig Kilometer, sagte er, und er müsse vorher tanken.

Sie erwiderte, vielleicht reiche die Tankfüllung auch noch aus, hin und zurück.

-Egal, sagte er, jetzt schon auf sicherem Gelände, wir leisten uns ja selbst keinen einzigen, unnötigen Ausflug mit dem Wagen.

-Gilt das hier, in diesem Fall, fragte sie, mehr sich selbst, als ihn.

-Es sind, sagte er, bei den jetzigen Benzinpreisen, er

habe erst vor Tagen an der Tankstelle nachgesehen, schon erqueckliche Summen, die anfallen würden.

Sie schwieg, blickte zurück zum Garten, wo der Mann sich schwer auf den Gartenzaun aufstützte, sein Gesicht lag im Dunkel seines Hutschattens.

-Ja, sagte sie, bezahlen müssten wir die Fahrt voll und ganz, von diesem da ist nichts zu erwarten.

-Also, sagte er, was tun wir.

-Ich glaube, sagte sie, wir kommen nicht darum herum, die Fahrt zu machen, was werden die Nachbarn sagen, wenn er stirbt, und wir haben ihn abgewiesen.

Sie blickten wieder zum Gartenzaun hinüber. Der Mann hatte sich inzwischen abgewendet. Er lehnte mit dem Rücken am Zaun, schaute in die Höhe, als erwarte er von dort etwas.

-Die Nachbarn? echote er, die müssen ja nicht ihr Konto plündern, sondern wir sind es. Heute ist der letzte im Monat und ich habe die Quartalsabrechnung bereits getätigt.

-Es ist mir unwohl, sagte sie, wir können in so einer Sache schlechterdings nicht Nein sagen.

-Dann, erwiderte er, übernehme ich das eben, ich sage ganz entschieden Nein.

-Ob der das versteht? sagte sie.

-Das muss er verstehen, es geht ja um einige Kosten und die bleiben an uns hängen.

-Du könntest ihn immerhin anfragen, ob er eine Kostenbeteiligung in Erwägung zieht, sagte sie.

-Das ist mir, sagte er, zu kleinlich – und zu peinlich, er könnte schlecht von uns denken.

Sie schwiegen beide einen Augenblick. Es stand viel auf dem Spiel. Darunter etwas, das sie nicht richtig benennen konnten, aber fühlten.

-Er soll nicht schlecht von uns denken, sagte sie schließlich.

-Obwohl, sagte er, es fallen eben diese verteufelten Kosten an.

-Vielleicht können wir die Summe irgendwie ausgleichen, sagte sie.

-Wodurch denn, fragte er, das reißt doch ein tiefes Loch.

-Du hast in allem recht, gab sie zu, dennoch sagt etwas in mir, dass wir nichts entscheiden dürfen, was wir später bereuen könnten. Deshalb, fuhr sie fort, wenn das alles so ist, dann müssen wir die Fahrt auf uns nehmen.

Als sie wieder in Richtung des Mannes blickten, sahen sie, wie dieser sich plötzlich abstieß und ohne sich zu verabschieden, mit schwankendem Schritt fortging.

UHRWERK CORONA

Jede Uhr zeigt inzwischen nur noch ihre eigene Zeit. Über den Dächern verweht ein warmer Regen. Menschen besteigen Treppen, bleiben vor Hinweisen stehen, drehen wieder ab. Niemand zeigt sich, der etwas zusammenhalten und die Uhrzeit vergleichen will. Nicht mehr lange und wir werden hier an diesem Ort vergessen sein.

Für uns beide bedeutet das, wir können unser Glück ausleben, ohne Rücksicht nehmen zu müssen. Es gelten ja keine Regeln mehr. Aber was bedeutet Glück für uns? Darüber sind wir uns nicht im Klaren. Gestern sahen meine Frau und ich ein Männerpaar im Vorgarten mit nacktem Oberkörper. Einer am Grill mit der Fleischzange, der andere ging hinter ihm vorbei und griff nach seinem feisten Bauch. Beide lachten. So ist das freie Leben, um etwas anderes muss man sich nicht mehr kümmern.

Aber meiner Frau macht das Angst. Sie sieht etwas Zügelloses darin, etwas ohne Regeln, das alle mit hineinziehen will.

-Wo sind die Regeln, fragt sie, die gestern noch galten, die Achtung vor der Peinlichkeit. Ich sehe seinen nackten Oberkörper, sagt sie, aber gleich wird er seinen Unterkörper entblößen – und dann? Dann geht das immer weiter. Und wenn einer kommt und verspricht denen noch mehr Vorgartenspaß, dann laufen sie ihm hinterher, und alles andere kann dann geschehen, ohne dass es jemanden kümmert. Dann können wir einpacken, wir Sorgsamen, wir Treuen, wir Zurückhaltenden, die wir nach den Gesetzen gelebt haben.

-So weit sind wir noch nicht, antworte ich. Wir sind besorgt, aber die da, die beiden Männer im Vorgarten, die sind glücklich. Sie grillen, sie trinken Bier aus Flaschen, sie haben unförmige Leiber, der Tag hat für sie vierundzwanzig Stunden und sie tun, was sie wollen. Es ist ihnen egal, sie müssen sich nur um sich selbst kümmern, die Welt besteht für sie nur noch aus dem, was sie für die nächste halbe Stunde planen, und dann kommt die nächste halbe Stunde. Ist das nicht das wahre Leben?

-Aber wie lange hält das vor, fragt meine Frau. Irgendwann ist doch der Ekel übermächtig. Man kommt nicht mehr vom Klo runter, die Kopfschmerzen werden stärker und der Kater drückt einen nieder. Und dann beginnt man sich zu rächen.

-An wem denn, will ich wissen.

-An allem, daran hindert ja nichts mehr, antwortet meine Frau. Die hässliche Seite gehört dann zum Regelwerk.

Das ist natürlich zu bedenken. Ich schaue über die Dächer der Stadt. Die Balkone leer. Die Fensteröffnungen hohl und schwarz. Irgendwo ganz unten die schrille Melodie eines Krankenwagens, die verweht. Es kommt keine Ansprache mehr. Die Uhren ticken vor sich hin. Niemand will wissen, wie spät es ist. Niemand interessiert es, ob unsere Zeit nicht vielleicht schon abgelaufen ist.

FRÜHER GAB ES DAS ALLES NICHT.

Irgendwann verlieren wir alles. Nichts bleibt. Warum sollen wir uns also aufregen? Nur für den, der Schmerzen erleidet, weil man ihm gerade die Haut abzieht, ist es anders. Er will den Zustand beenden. Für uns andere gilt doch, dass wir es auslaufen lassen können.

Aber etwas hindert uns daran. Es steckt in uns drin, zu hadern und es sofort besser und anders machen zu wollen.

Nimm nur Toni, der an der Ecke diesen kleinen Laden betreibt. Wenn seine Pizza fertig gebacken ist, will er sie verkaufen und essen lassen. Kein kurioser Wunsch. Aber in diesen Zeiten eben doch, weil sein Laden geschlossen bleiben muss. So backt er in der Phantasie, Tag und Nacht. Er kann sich mit dem neuen Zustand nicht abfinden. Er ist dafür einfach nicht gerüstet. Früher gab es das alles nicht.

Oder nimm Klaus-Peter. Er steckt bis zum Hals in der Schuldenfalle. Irgendwann werden Banken ihm helfen. Aber jetzt nicht. Im Moment muss er Tag für Tag Beschimpfungen entgegennehmen und sich immer mehr verschulden. Er muss das aushalten. Obwohl er diesen Zustand einfach nur beenden will. Wir wünschen ihm, dass er ihn nicht auf die falsche Weise beendet.

Wir können nichts dagegen tun. Wir müssen es Schritt für Schritt ertragen. Unser Leben fragt uns nicht. Später werden wir sehen, wie schnell alles vorüberging. Aber im Augenblick rütteln wir an allem, weil wir es beenden wollen. Ich will nicht behaupten es sei schön, sich die Haut abziehen zu lassen. Aber es gehört dazu. Das könnten wir lernen.

IM SCHLOSS *

Wenn sich mitten in der Nacht im runden Treppen-
turm unter der Schweifhaube Schritte nähern, bin ich
sofort wach. Ich weiß, dass zum Ostflügel dieses ver-
wünschten Schlosses niemand außer mir und Caroline
Zugang hat. Und Caroline liegt neben mir im Bett.

Ich drehe mich zu ihr.

Das Bett ist leer.

Ich erhebe mich wider Willen. Eigentlich möchte ich
die Augen vor allem verschließen. Aber in dieser Nacht
kann ich das nicht, etwas sagt mir, dass es die letzte
ist, die Hilfe von draußen bringen könnte. Erst will ich
Carolines Namen rufen. Aber ein warnendes Gefühl
hindert mich daran. Ich gehe zur Tür und drücke die
Klinke herunter.

Die Tür gibt nach und öffnet sich. Dahinter liegt die
Furcht einflößende Galerie, mit ihrem rohen Mauerwerk und den Wandmalereien an den Stirnseiten, die
aber im Dunkeln verschwinden. Im Dachgebälk, offen
wie ein umgedrehtes Schiff mit all seinen Sprossen und
Spannten, rauschen die Flügel des Wächter-Vogels. Ein
strenger Geruch nach altem Putz und Staub von Jahr-
hunderten ... Und dann ...

... wache ich auf. Ich schlage um mich. Ich bin schweiß-
gebadet. Ich muss mich erst orientieren, wie so oft in der
Vergangenheit. Es sind jetzt sechs entsetzliche Monate.
Und natürlich kann mir niemand helfen. Carolines
Liebe, so stark sie auch ist, nützt mir nichts, meine Pei-
niger zerstören sie mit jedem Tag und in jeder Nacht.

Ich setze mich auf die Kante meiner Pritsche. Der Tür gegenüber befindet sich ein Klobecken ohne äußeren Ring. Ich versuche, nur an den Augenblick zu denken. So vergeht eine endlose Summe von Augenblicken, die sich vor mir zu fünfjähriger Festungshaft auftürmen.

Ich warte auf den Mond, an den sich die hellen Sterne drängen.

Weil die Zelle keine Ablenkung bietet, zähle ich die in die Wände eingekratzten Inschriften, die ich mit den Fingern ertaste. Es sind keine Bilder, deren Umrisse ich nachzeichnen könnte, es waren einmal Buchstaben und Wörter, sie taugen nicht mehr für eine Entzifferung. Und ihre Botschaften würden auch nur ein kleines, in sich zusammenfallendes Einzelschicksal eines jammernden Wesens verkünden.

Draußen, jenseits des vergitterten Fensters sehe ich jetzt die Sterne. Ich erinnere mich. Es ist Winter. Und jetzt höre ich auch hinter mir wieder die schleichenden Schritte. Es wird der Obrist sein. Er steht dem Festungs-Commendement vor. Heißt er nicht Weber? Er belauert mich bei Tag und bei Nacht.

Ich stehe auf und gehe in der Zelle auf und ab. Zwölf Schritte hin, zwölf Schritte zurück. Bei meiner Körpergröße von fünf rheinländischen Fuß kann ich nicht länger ausschreiten. Ich merke erst jetzt, dass ich meine mit Plüsch besetzte Kappe trage, die Caroline mir zu meinem Geburtstag im März schenkte. Ich muss damit geschlafen haben.

Sie haben mir meine Bücher gelassen. Sogar mein eigenes Frage- und Antwortbüchlein über Allerlei, was im Deutschen Vaterland nottut, wegen dem ich nun einsitze. Aber sie haben alle Seiten beschmutzt und unleserlich gemacht. Erkennbar ist nur das Titelblatt. Und sonst ließen sie mir nur unverdächtige Reisebeschreibungen! Ich stoße mir mit meiner Vorstellung von Reisen an ferne Küsten die Gedanken wund.

Ich versuche seit einiger Zeit, mein eigenes Buch im Geist zu rekonstruieren. Ich werde es neu schreiben. Ich rekonstruiere es Satz für Satz. Und ich sage mir jeden einzelnen auf.

Wer ist denn ein freier Mann?

Frei ist einer, wenn ihm kein anderer sein Recht, sein Leben und Vermögen nehmen kann, durch Mord und Raub und unnötige Steuern und Abgaben, oder durch andere Gewalttat.

Will denn Gott haben, dass alle Menschen frei sein sollen?

Schon das Vögelein, wenn es in einem Käfig eingesperrt ist, das wird traurig und lässt die Federn hängen, und der Mensch, der in der Knechtschaft ist, der wird dumm und schlecht ...

Ich breche ab. Ich kann nicht verhindern, immer wieder an den Tag meiner Einlieferung in das abgelegene Wasserschloss inmitten der Sümpfe von Gersprenz und Ohlebach zu denken. Draußen fielen die Strahlen der Herbstsonne auf schöne Säulen von Arkaden, die sich zum Hof öffneten, darauf kelchförmige Kapitelle mit Akanthuslaub und Diamantschnüren. Drinnen in der Dunkelheit hörte ich eine einzige Stimme wie aus weiter Ferne. Die Stimme war sanft, aber scharf wie ein Messer, das mich wie eine weiche Frucht schälte.

-Ich habe dich in den Ostflügel unseres schönen Schlosses verlegt, weil du uns hier ganz und gar zur Verfügung stehst. Du verlierst Flüssigkeit. Aber das gleichen wir durch Einsicht aus, wie?

Ich hatte versucht, den Mund zu öffnen. Das Schloss ist so schön mit all seinem Schmuck, wollte ich sagen. Aber es ging nicht. Meine Lippen waren wie zugenäht. Das hatten sie schon erreicht.

In den ersten Tagen danach habe ich versucht, mich zu bewegen. Aber meine Glieder steckten fest. Ich versuchte, mich auf etwas in der Dunkelheit zu konzentrieren, da war der rote Schleier hinter meinen überreizten Augen, der zu einem Punkt gerann. An diesen Punkt heftete ich meine Blicke wie an einen Rettungshaken und zog mich in die Höhe. Und die Stimme im Dunkeln glitt bald unter mir durch.

Dann verstummte die Stimme für eine Weile. Es verging eine unermessliche, gleichförmige Zeit. Ich versuchte, mir den Mann hinter der Stimme vorzustellen. Hager, klug, bebrillt. Einer von denen, die ich an der Rechtswissenschaftlichen Fakultät in Gießen kennengelernt hatte, ein Experte ohne Dialekt, freundlich, ohne Gefühle. Was für bewundernswerte Tatmenschen in ihrer aufgeschlossenen, besorgten Haltung auf dem richtigen Weg! Als ich später den Obristen hinter der Stimme sehen konnte, erwies er sich als klein, kahl und pausbäckig. Er roch nach Alkohol.

Was bleibt mir in dieser restlichen Nacht, als ein biss-

chen nachzudenken. Caroline wage ich mir nicht vorzustellen. Ebenso wenig den Tag meiner Entlassung in
so fernen Jahren. Ich muss nur den nächsten Gedanken denken, den allernächsten, den unmittelbaren ...

Seltsam, warum fällt mir ausgerechnet jetzt der Ka-
merad ein, der mir bei unserem Rückzug von der
Front über die Elster das Leben rettete? Er packte
mich, zog mich hinüber über den reißenden, kleinen
Fluss, der den Osten vom Westen des Landes trennt.
Ich erinnere mich nicht an seinen Namen, aber an die
Eiseskälte des Wassers. Ich hatte ihm am Abend zuvor
erzählt, dass ich nicht schwimmen kann. Warum
lernte ich nie schwimmen! Selbst die hitzigen Kameraden von der Alten Gießener Burschenschaft Ger-
mania versuchten vergeblich, es mir in den langen
Sommern des Großherzogtums Hessen-Darmstadt, in
der Strömung der Lahn beizubringen. Vergebens! Ich
würde hier in diesem tiefen Wassergraben rund um
das schöne Schloss Babenhausen ertrinken. Und sie
würden mich lachend ersaufen lassen.

Ich höre wieder ein Geräusch. Ich merke, dass ich die
Hände vor das Gesicht geschlagen habe. Ich selbst bin
es, der gleichzeitig lacht und weint. Wie sehr muss ich
aufpassen, nicht den Verstand zu verlieren. Ich darf
mir keinen einzigen Gedanken an draußen erlauben.
Und doch stehen die Sterne so dicht vor dem Fenster,
als wollten sie mir davon erzählen. Vom Himmel, von
der Landschaft zwischen den vier Seen hier in der
Ebene, von Caroline und von der Mutter. Nein, daran
darf ich nicht denken. Ich denke lieber über das sinn-

volle Verhältnis der Statistik zur Politik nach. Schließlich bin ich frischgebackener Doktor Juris und kein romantischer Schwärmer! Aber wie romantisch war nicht unsere Liebe, und welche Umwege mussten wir deswegen machen, um endlich Mann und Frau zu werden!

Nein, nicht an Caroline denken!

Lieber an das Recht des deutschen Volkes und die Beschlüsse des Bundestages denken! Ich sage mehrmals hintereinander diesen Satz auf. ... des Bundestages ... Nationalrepräsentation ... Pressefreiheit ... das Verhältnis von Arm und Reich ... wir haben uns mit überdeutschem Nationalstolz bis zur Verachtung der anderen Völker hineinphantasiert ...

... besonders strenger Festungsarrest! ... wegen fortgesetzten Versuches des Verbrechens einer gewaltsamen Veränderung der Staatsverfassung! ...

Keine junge Frau verdient es, dass ihr gerade angetrauter Ehemann für fünf Jahre hinter dicken Festungsmauern eines Schlosses verschwindet!

Ich klappe die Pritsche hoch und lasse mich auf das Sofa fallen, das Caroline mir zustellte. Die Behörden haben es untersucht und es dann zugelassen. Es verkörpert ein Stück gemeinsames Leben mit meiner Frau. Aber nach fünf Jahren wird es vielleicht zerschlissen sein. Oder werde ich zerschlissen sein. So wie Weidig, so wie Minnigerode, die in diesem Sommer verraten wurden. Wie die vielen anderen. Ich hoffe, dass wenigstens Büchner entkommen konnte.

Draußen schleichende Geräusche.

Nicht Caroline, gewiss nicht!

Weber oder einer seiner Kreaturen. Zumindest nachts wagen sie es aber nicht, in meine Zelle zu kommen.

Nachts sind zumindest meine Gedanken frei.

Und am Tage gelingt es mir manchmal, durch das Auftürmen von Zahlenreihen in meinem Kopf, das Andere zu verdrängen.

Ich zähle. Ich halte nicht inne. Ich zähle.

Werde ich noch einen Versuch unternehmen?

Ich muss bitter auflachen. Für einen Ausbruchsversuch benötige ich dringend – Liqeur! Aber der ist seit letzter Nacht aufgebraucht! Ich habe dem Wächter nichts mehr zu bieten, und er wird meine Pläne beim geringsten Anschein aufdecken! Darauf wartet er nur. Dann wird meine Haftstrafe beliebig verlängert und ich versinke völlig.

Ich hatte versucht, das Mauerwerk zu lösen, in dem die Fenstergitter verankert sind. Schon bröckelte es an einer Seite und ich wischte die Spuren meiner gesetzwidrigen Tätigkeit nach draußen, da wurde die Zellentür aufgeschlossen. Der Adjudant will ein Löwe sein, ist aber nur ein Trampeltier. Er polterte herein. Sogleich spazierte er auf das Gitter los, um es wie gewohnt zu untersuchen. In höchster Not fiel mir das Fläschchen Quittenliqeur ein, das Caroline mir geschickt hat.

-Herr Adjudant! rief ich, wollen sie nicht ein Gläschen trinken?

Und wie gut, dass der Mann keinem Mäßigkeitsvereine beigetreten war, wie es in dieser Zeit üblich ist.

Wie aufs Kommandowort ließ er die gefährlich ausgestreckten Hände sinken, machte Front nach der Flasche, trank, trank noch einmal, ging dann mit freundlichem Dank und der lachenden Bemerkung, es habe ja noch niemand in den 16 Jahren seit der Einrichtung dieser Militärstrafanstalt einen Ausbruch geschafft, die Treppe hinunter und hatte alle schlechten Untersuchungsgedanken vergessen.

Es ist so bitterkalt geworden! Dieser Winter begräbt alles!

Ich lege mir den gestärkten, überlangen Schal um den Hals, bis die untere Hälfte meines Gesichtes bis zur Nase bedeckt ist und ziehe mir die hirschledernen Handschuhe über. Beides schickte mir Caroline, beides wärmt gut, und ich kann die Buchseiten besser umblättern.

Endlich geht der Mond auf!

Er schiebt sich herüber und scheint so hell in die Zelle, dass ich lesen kann. Eifrig rücke ich die Bücher zurecht. Ich lese und schaue dem Mond auf seiner Wanderung zu, lese und schaue nach draußen. Sie lassen mich in Ruhe. Mein Moment der Freiheit. Ich stürze mich in Statistiken. Sie sind meine höchste Freude.

… Zahlenreihen …

… Zahlenreihen …

… endlose Reihen von Gitterstäben …

Ich muss wieder eingeschlafen sein. Erneut diese vertraute Stimme. Wieder dieser Trug, der mich zum Narren halten will. Ich schreie. Ich will diesen Traum nicht. Desto tiefer geht danach der Fall. Beim Erwachen schlägt mich die Wahrheit mit wütenden Hieben nieder.

Aber irgendwie scheint heute etwas anders zu sein. Ich erinnere mich an meinen Namen. Das ist mir so kurz nach dem Erwachen bisher nie gelungen. Ich sage meinen Namen.

-Ich sage: Wilhelm Schulz, ich bin Friedrich Wilhelm Schulz. Ich sage: Publizist, Demokrat, Rebell gegen die reaktionärste Obrigkeit.

Ich blicke auf. Der Mond steht weiß und groß vor dem Fenstergitter. Von den blinkenden Sternen erkenne ich ohne Mühe Orion, Fuhrmann und Capella. Von unten her höre ich eine Stimme. Ich stehe auf und blicke hinunter.

Im Mondlicht winkt eine Gestalt. Sie ist eingehüllt in einen Mantel, eine Kapuze verdeckt ihren Kopf. Und doch – diesen Umriss kenne ich! Erst will ich mich mutlos abwenden. Wieder ein weiterer Schritt in Richtung meines Wahnsinns. Doch ihre Stimme ruft mich zurück.

-Wilhelm! Wilhelm!

Ich umklammere die Gitterstäbe. Meine Finger scheinen festzufrieren, so eisig ist es draußen. Ich sehe jetzt, dass während meines Schlafes in der Nacht Schnee gefallen ist. Dieser Anblick ruft mich endgültig in die Wirklichkeit zurück.

Ich kann nicht anders. In mir bricht sich eine Hoffnung Bahn, die mich übermannt. Etwas unnatürlich Starkes, etwas gänzlich Unvernünftiges. Ich stammele ihren Namen. Es muss sie sein, ich kenne doch, selbst unter diesen dicken Kleidern, ihren süßen Leib.

-Caroline!, rufe ich leise.

-Heute können wir es schaffen, Liebster!

Mein Gott! Ich will das nicht hören! Ich will nicht hoffen! Die Hoffnung bringt mich um!

-Es ist aussichtslos, Liebste! Mir ist ja jegliche Handlung dringend verboten!

-Hast du nicht selbst geschrieben: Wie gut ist es doch, wenn man in der Jugend etwas gelernt und sich bei Zeiten mit verbotenen Dingen abgegeben hat?

-Aber da war ich ein Junge und wir sägten uns durch das Gittertor am hochfürstlichen Herrngarten in Bessungen!

-Eben diese Feilen habe ich vom Dachboden geholt! Schau im Rahmen des Sofabodens nach. Dort findest du deine Feilen!

-Das Sofa!

-Ich habe viele Nächte gebraucht! Nachts bin ich, wie du weißt, besonders erfinderisch, da scheinen mir die kühnsten Wagnisse möglich!

Ich eile zum Sofa. Aber die beiden scharfen Feilen aus meiner Bessunger Jugendzeit finde ich nicht hinter dem Holz des Rahmens! Für das Suchen braucht es mehr Zeit, die sich auch Weber nicht genommen hat. Ich eile zum Fenster zurück. Carolines Stimme ist jetzt noch gedämpfter.

-Sie sind da, glaube mir! Habe Geduld!

-Ich werde sie finden!

-Heute ist Altjahresabend, Silvester. Sie werden Punkt

zwölf mit dem Absingen patriotischer Lieder gegen die Franzosen beginnen! Man wird dich nicht hören. Du hast eine Stunde Zeit, die Gitter durchzusägen!

-Es sind vier Zoll Eisen!

-Du schaffst das!

-Und dann?

-Unter dem Sofapolster sind sechsundsechzig Ellen Gurte am hölzernen Rahmen angenäht, und ich habe alle meine Wünsche für dich eingeflochten! Löse und verknüpfe sie. Es sind gut durchwirkte Gurte, mein Liebster!

-Oh Gott, wenn man dich hört!

-Sie hören mich nicht. Sie versammeln sich schon am Torturm auf der anderen Seite des Schlosses! Der ganze Ort ist ja auf den Beinen!

-Geh jetzt, Caroline! Du bringst dich in große Gefahr! Sie lacht nur.

Sie lässt die Kapuze von ihrem Kopf gleiten. Ihr schönes Gesicht! Ihr wehendes Haar im Nachtwind!

-Bist du erst aus dem Schloss heraus, nimm den kürzesten Weg durch die südlichen Dieburger und Darmstädter Vorstädte hindurch und weiter zum Rhein. Ich reise auf der rechten Rheinseite, du auf der linken. In Hochfelden treffen wir uns im Gasthaus Goldener Schwan ...

-Ich kann nicht durch den Wassergraben schwimmen!

-Hast du es nicht gesehen? Seit gestern ist alles vereist! Zum ersten Mal in diesem Winter! Du kommst trockenen Fußes über den Schlossgraben!

-Die Wachen werden mich schnappen! Darauf warten sie doch nur! Dann verschwinde ich endgültig in den Kerkern dieses entsetzlichen Schlosses!

-Jetzt keine Bedenken! Es ist alles von langer Hand vorbereitet! Die Feilen, die Gurte. Vergiss Schal und Handschuhe nicht! Ein Reitpferd wartet auf dich hinter dem Schlosspark. Leb wohl, mein Treuester, mein Teuerster!

-Wenn doch diese Nacht schon vorüber wäre!

Ich erzittere. Ich sehe am Himmel den Procyon, der sich dem strahlenden Jupiter nähert.

Und unten Caroline.

-Bald werden wir wieder vereint sein, murmele ich.

Und glaube es nicht.

Das Festungs-Commendement wird es zu verhindern wissen.

Carolines Gestalt verschwimmt mit der Dunkelheit. Ich blicke über die innere Mauer unten, über den breiten und tiefen Wassergraben, über die äußere Mauer. Das Schloss Babenhausen ist eine wahre Festung, gebaut gegen äußere Feinde. Aber ich bin der innere Feind.

In diesem Augenblick beginnen sie auf der anderen Seite des Schlosses mit dem Gesang. Stolze Männerstimmen, frohe Frauenstimmen, ein unwissender Freiheitsgesang!

Ich wende mich um und blicke auf die schmutzige Wand hinter mir. Dort habe ich Kalender geführt. Es ist mein einhundertzweiundachtzigster Tag im Schloss von Babenhausen. Wir schreiben den 31. Dezember 1834.

———

Ich stürze zum Sofa, reiße die Gurte aus ihrer Veran-
kerung, finde nach einer Weile auch die Feilen, löse sie
heraus und nehme sie in die Hände. Ich haste zum
Fenster zurück, schicke ein Stoßgebet zum Himmel,
das sich mit dem Gesang vor dem Schloss verbindet.

Und beginne mit der Arbeit.

* FRIEDRICH WILHELM SCHULZ, *war ein deutscher
Radikaldemokrat, der von 1797 bis 1860 lebte. Im
Jahr 1834 verurteilten ihn die hessischen Behörden wegen seiner politischen Schriften zu fünfjähriger strenger Festungshaft im südhessischen
Babenhausen. Seine Ehefrau Caroline arbeitete
fortan an seiner Befreiung, die am 31.12.1834 auf
spektakuläre Art und Weise auch gelang. Die Erzählung „Im Schloss" ist eine verkürzte literari-
sche Version des tatsächlichen Geschehens aus
der Sicht des Inhaftierten.*

 BERNDT SCHULZ wurde an den mäandernden Ufern der Havel geboren und wuchs in gewalttätigen Berliner Verhältnissen auf. In seinem autobiografischen Roman „*Den Atem anhalten*" erzählt er, wie er sich durch Schreiben und Literatur aus einer sprachlosen Welt befreite. Er verfasste eine Reihe von erfolgreichen Krimis und Historischen Romanen und zog mittlerweile raus aufs Land. Dort lebt er auf einem Alten Pfarrhof und versucht in einem umgerüsteten Zirkuswagen, die inspirierenden Erfahrungen des Neuen Landlebens schriftstellerisch zu verarbeiten.

BERNDT SCHULZ

schöne grüne Welt

EPISODEN VOM LAND

ROMAN

edition federleicht

BERNDT SCHULZ
SCHÖNE GRÜNE WELT
EPISODEN VOM LAND

ROMAN

edition federleicht, Frankfurt am Main 2019
Softcover, 192 Seiten
ISBN 978-3-946112-36-5, 14,00 EUR
E-Book ISBN 978-3-946112-43-3, 11,99 EUR

*Sie sind emanzipiert, anspruchsvoll oder einfach nur normale Paare oder
Einzelgänger und suchen mit Gleichgesinnten das Glück außerhalb der
Städte. Endlich auf dem Land angekommen, machen sie erste, schöne Er-
fahrungen mit Menschen, die noch ihre „ureigensten Eigenschaften" zu
besitzen scheinen. Davon handelt der spannende und amüsante Roman.
Aber in seinen Erzählungen entwickelt sich zunehmend eine andere Rea-
lität. Die vernetzten und tatendurstigen „Aussteiger" erleben auch die Abgründe des Landlebens.*

*Ein Episodenroman, der Witz, Weisheit und Wahnsinn vereint – und
Hoffnung auf ein Happy End macht.*